王庆同
Wang Qingtong

王庆同，1936 年生，北京大学中文系新闻专业毕业，现为宁夏大学新闻传播学教授（退休）。出版专业著作四本、散文集（回忆录）六本。获中国新闻教育贡献人物、全国优秀新闻工作者、宁夏优秀新闻工作者、感动宁夏人物、宁夏百姓学习之星等荣誉称号。

青山无言

王庆同
Wang Qingtong
著

黄河出版传媒集团
阳光出版社

图书在版编目（CIP）数据

青山无言 / 王庆同著. -- 银川：阳光出版社，2021.8
ISBN 978-7-5525-6072-5

Ⅰ.①青… Ⅱ.①王… Ⅲ.①散文集–中国–当代 Ⅳ.①I267

中国版本图书馆CIP数据核字(2021)第179270号

青山无言　王庆同 著

责任编辑　申　佳　李少敏
特邀编辑　张　强
封面题字　闵生裕
封面设计　赵　倩
责任印制　岳建宁

黄河出版传媒集团
阳光出版社 出版发行

出 版 人　薛文斌
地　　址　宁夏银川市北京东路139号出版大厦（750001）
网　　址　http://www.ygchbs.com
网上书店　http://shop129132959.taobao.com
电子信箱　yangguangchubanshe@163.com
邮购电话　0951-5014139
经　　销　全国新华书店
印刷装订　山东新华印务有限公司
印刷委托书号　（宁）0021905

开　　本　880 mm × 1230 mm　1/32
印　　张　7.375
字　　数　150千字
版　　次　2021年11月第1版
印　　次　2021年11月第1次印刷
书　　号　ISBN 978-7-5525-6072-5
定　　价　68.00元

序

贺兰有缘

从十八岁到北京上大学，到银川编报纸，去印刷厂化铅，再上贺兰山草原放羊，用去十年时间。在贺兰山草原放羊时，我已接近“而立”之年。

故事就从放羊开始吧！

1964 年夏，我被勒令到贺兰山草原的机关农场劳动。先是喂猪。附近农场的猪瘟传过来，猪猡猡死光。场长不因我顶着强加的“反党”罪名而有所责备，小声说了一句“那你放羊去”。

放羊要熬时光，从太阳一人高羊出圈熬到太阳落山羊进圈。我的办法是同虎虎（农场的一只土狗，每天跟我一起放羊）玩，观察“沙婆婆”（沙蜥或麻蜥一类的动物）的活动轨迹，研究其与刮风、下雨有何关系。春秋两季较忙，要忙着接羔、“送奶”。

接羔、“送奶”是从农场小李子那里学的。原来是他放羊，场长让我接替他放羊。正是产春羔的时候，他特别关照，接羔要轻轻地捉着羊羔转着往外拉，不可直直地硬拉。我学着他的样子，肩背一个褡裢，用细沙轻轻擦一擦落地的羊羔，让母羊闻一闻，装进褡裢。那小东西的心隔着褡裢贴着我的心咚咚跳，有时褡裢前后两个袋子都装着羊羔，前后两颗心贴着我的心咚咚跳，我竟有一种新生命与我亲近而生的莫名快感。那母羊寸步不离地跟着我，要它的宝贝。羊群进圈，我把羊羔放地上，羊妈妈过来舔孩子。舔得差不多了，小东西跌跌撞撞站起来，我把手指伸去，小嘴开始慢慢地咂手指。咂过一会儿，再把羊妈妈的“羔羔”（奶头）塞进羊羔嘴里，它就会咂“羔羔”，越咂越来劲，吃上头奶啦。往后，我只要进羊圈，那些小东西就围着我转呀跳呀，亲热得很，它们有“第六感官”，认定是我把它们接到世上的。

贺兰山草原一望无垠，但没有会说人话的东西。羊、狗、“沙婆婆”，都不会说人话。我就奔有人的地方去。北边有个什么“站”，远远看去是几间平顶水泥房。我把羊群朝那个方向靠了靠，就有人出来喊：“×，别过来。”我赶紧把放羊棒扔到头羊前面，羊群改变方向，他进屋了。倒是渠南有一间烂羊房，我把羊群朝那个方向挡过去，羊房陈师傅，一位半搭子老汉，就出来朝我喊：“×，过来谝。”他已经把羊群打出去吃草，草原大着呢，羊群对怎么走有“哈数”（计划、规矩），后晌到某个井去吊水饮羊，它们准在那儿等着。再说，就是个别羊“和”到别的羊群也没关系，周周围围就那么几群羊，互相讲诚信，“和”了也会送回来。这是陈师傅的放法。我的羊群是机关农场的，不屑这么放，总得有人跟着。须知羊也分类呢。

我常与陈师傅天南海北地谝，有一天，他突然问：“我看你不是放羊的，你是啥事事？”我说：“你说啥事事就是啥事事。”他是明白人，一听就明白我不想说事事。他哈哈哈大笑，我也哈哈哈大笑，一向沉默的贺兰山竟然也有哈哈哈的回声。两人一山在哈哈哈中度过放松的些许时光。

熬时光，加上难得的些许放松的时光……还算平静的时针走了两个年轮卡住了。但不管怎么说，1989年前我这个憧憬党的新闻事业的江东小伙子，此刻正在贺兰山草原放羊，享受着羊羔降临的生命慰藉；分享着与同是放羊人的陈师傅哈哈哈的短暂轻松；体会着与不会说人话的羊、狗、“沙婆婆”玩玩的乐趣。而更多的是蒙冤、前途未卜的痛苦与恐惧。在贺兰山草原感受如此复杂的情感体验，难道我与贺兰山有缘？

这缘分短暂而奇妙，阶级斗争的弦日紧，到1966年秋天，我放不成羊了，迁赶到近两百里路外的油坊梁“监督劳动”。这年，已到“而立”，我平三十。

后来离开油坊梁到青山公社，当了恢复公职但未彻底平反的问题干部，此时离“不惑”只差一年。

时针又走了五个年轮，彻底平反了。乘着改革开放的东风，四十七岁开始人生“第二春”，奉调教书。如今年届耄耋，平八十五，是个大学退休教授。

人生如梦非梦，回忆似水非水，五味杂陈，怎一个难字了得。

目 录

油坊梁纪事

一

20 世纪 60 年代中期，在迁赶高潮中，银川各单位的一百来号人，被几辆卡车运到盐池县高沙窝公社，集中在公社礼堂，打地铺睡了一夜。第二天，我作为灵干户（单身一人），被一个生产队接人的社员看上，随他步行五十多里荒无人烟的沙路，穿过两道废弃的土长城，于日落时分，看到地平线上冒出树梢，再往前走是一个四面环沙、约有二十来户人家的小村庄——油坊梁。我在这里一待就是九年。

到油坊梁的当天晚上，睡在生产队政治队长荀智家伙房灶台旁的地铺上。这是我油坊梁生涯的第一夜，时间是 1966 年 9 月 25 日。

第三天，按荀智的安排，由社员郭登明带我到一个大沙坝下面一间独立破烂土房子：这房子对扇门，门板经风吹雨淋翘了起来，就是把门关上，门板和门框之间也可以放进一个拳头。土墙泛黑色，用手指一碰就掉渣。墙根鼠踪遍布，外面刮大风房皮沙土就往下掉。有个朝南的窗子，一块炕面那么大。房里有土炕，炕头有锅灶，炕和灶还有点湿，是新打的。郭登明说："这就是你的家。"从我家翻过一个沙坝就是郭登明家，我从他家借来一小袋黄米，他从自家的柴垛抱来沙蒿柴，教我点炕焖饭。他让我每天去他家提一桶水，他家的水是用毛驴从远处驮来的，也很金贵，分我一"桶"，此情难忘。

在这间破烂土房，我很快得到一批无私援助。

其一是郭登明老妈教我使碾推磨。村里不通电，我在这位老人的帮助下，用驴拉石碾把生产队借给我的糜子碾成黄米，用驴拉石磨把荞麦磨成荞麦面，才有做饭的基本食材。

其二是生产队一位大婶送我吃的东西。那是我到生产队不久，记得是中秋节，天刚黑，她突然来访。挎一个篮子，上面盖一块花布，揭去花布，下面是几个油饼、一小瓶油炸辣子，还有几个新鲜"酸圆"（山芋）。她对我说："出门人'汪晾'（可怜），你就'罢'（别）想家了。"原来互不认识，我千恩万谢。她放下东西匆匆离去。后来，我知道这位老人是村南头王家大婶。她到离开这个世界都没有对人说起这件事，而我只是在三十年后发表在《银川晚报》的文章里提到有人给我送吃的，又过六年在公开出版的《边外九年》里明确谈到王家大婶当年给我送油饼、油炸辣子、山芋。又过较长时间才打听到她叫乔生桂，搬迁到灵武县狼皮梁吊庄，人已不在，活到九十多岁。后来，我得到两张乔生桂生前的照片（孙立义女婿李跃全传给我的），珍藏在我的U盘里。

其三是小李子送来稻米。他是我原工作单位机关农场的农工，曾经借了我几十块钱，没有机会还我，心里不安。他带着二十多斤稻米，骑车一天半，摸到油坊梁。我不知道怎样才能表达感激之情，要留他吃饭。他说："把东西送到了比什么都强，你慢慢用这点稻米。"他坚持立即离开。说实话，当年借了我钱的不是小李子一个人，但只有庄户人（小李子）没有忘记。我恢复工作后曾联系到他，在一起吃过一次饭。再后来听说他回了农村老家，命途多舛，也是命苦。

其四是杨家姑娘送我羊油坨。当年秋收结束后，生产队组织劳力去"外首"（当地群众习惯称内蒙古自治区为"外首"，生产队与"外首"只隔一条小路）拔苦豆子。往回走的时候，我落在最后。路过本生产队最北（biā，当地土音）头一户姓杨人家的院子边上，被这家一位小姑娘叫进家里，她利索地从伙房端出一碗白面条让我吃，我三口两口扒完。临走时，她又从蹲柜拿出一块羊油坨给我。我们几乎没有说什么，我拿了羊油坨就走。这块羊油坨解决了最初时日的吃油问题。她后来嫁到川区，详情不知。

那年我大学毕业到宁夏八年，还是单身，在宁夏没有亲戚，从银川迁赶到这里，不久得到这些援助，增强了我在苦难中要把日子过起来的信心和决心。人在艰苦环境中不被压倒要靠精神。

二

漫山遍野的“呱呱鸡”呱嗒、呱嗒叫开，春来了，地化了，该我揭地（耕地）了。按生产队的要求，揭地要走熟墒（已揭过的地），在熟墒上踏出一个个脚印，以利保墒。多数时候大家偷懒，不走熟墒走生墒（没揭过的地）。只有队长来了，且有人发出预警，喊一声：“瞎子来啦！”（队长总眯着眼）大家才跳到熟墒踏脚印。队长一走，照走生墒。我不敢欺骗队长，经常走熟墒。所以，一架地（一个揭地工作日）“揭”下来，我更累。

从生产队揭完地种完粮油作物到锄地，有二十来天的空隙，队上组织劳力到甘草秧子较厚的“外首”挖甘草，卖给供销社，增加集体收入。我们来到几个前不着店后不着村的“房壳廊”跟前，七八个女社员挤在一个大一些的“房壳廊”里，十几个男社员挤在两个小一些的“房壳廊”里。拔些枯沙蒿垫在地上，男女都睡地铺。天一亮起“床”，大伙到周围看地貌，侦察今天该朝哪个方向走。我不敢一个人“放单飞”，怕迷路回不来，经常跟在别人后面吃点“剩饭”（挖别人挖剩下的甘草秧子）。我有时还和他们开玩笑说“跟个好鬼，喝碗凉水”，在干旱地带，凉水是好东西啊。此活村民称为“与土块绊跤”，累人。但没有人当“逃兵”，都坚持到底，主要还是看重生产队给的每天两角钱的现金补助（另记工分）。须知那时社员手头难有现金，为节省一根火焌（jùn）子（火柴），有的人家用干芨芨从油灯取火点炕点灶，省钱省到一天只用一根火焌子。我挖累了四脚八叉躺地上缓着，阴天就顺手撅个沙吊吊当零食，有时还摘个蒿瓜子嚼嚼。挖甘草十一二天以后，各人带的菜罐子都空了。有人从衣兜里搜出一瓣蒜，有人弄点盐，都算是好菜。到最后什么菜都没有了，就到沙滩里撅把沙葱，用手捋一捋，一嘴生沙葱，一嘴浑水焖的黄米饭，也吃得挺香。我没有菜罐子，沙葱没少吃。那时是无奈，现在吃沙葱要掏凉菜钱了。

早耧的糜子破土出苗，到农历六月，长到有两个“耳朵”时队上开始锄地。“谷锄九，饿死狗”，庄稼多锄几遍，出米率高，糠少，狗没得吃的了。农民明白这个道理，锄地出工人多。社员边锄边侃，有的婆姨还边锄边唱山歌。我也常被问到“你爹为什么不来看你”“你为什么不跑”“年岁大了，为什么没婆姨”“你不想婆姨”等问题。我以模糊语言搪塞，不叫大伙扫兴，还等于什么都没说。锄地也有躲奸溜滑的，如左手把锄头撂出老远，右手往回拉时浮在地皮上拉，光图速度不出力，保墒效果不好。生产队长见了没办法，只能骂一句：“光跑趟子，回你们家炕上跑去！”如果老天一直不下雨，锄地的力度加大，每天定出进度，锄不完不收工。地里再无调侃之声、说笑之音，只听得锄头板子碰土块的当当声，脚步往前撵的沙沙声。“锄头底下三分水，锄过三遍顶下雨”，孤立无援的山民同旱魔斗的唯一办法就是顶着烈日，挥汗锄地，绝不停步，那阵势不无悲壮。那些日子，我咬牙跟上大伙的锄地速度，用现在的话说是“够拼的了”。

“秋分糜子寒露谷，霜降麻子没生熟”，节气到了，就得收割，庄稼不可能再成熟变饱，拖下去只能遭损失。油坊梁地不少，但都是广种薄收、靠天吃饭，尽管收不了多少，却一定要收回来，就靠收这点糜子、谷子、荞麦过光阴呢。秋收干活不用催，能下炕的都出工。四十来岁的小脚婆姨（如孙立义婆姨路凤兰）、刚进门的新媳妇（如孙立平婆姨杭新莲）都掂着镰刀下地。整个小庄子保持着龙口夺食的一致和紧张。秋收劳动强度大，一人两沟，“狗撵狼”，一个撵一个揽上去，没有让人歇口气的空间。我的情况常常是，前边的“狼”上去了，后边的“狗”也上去了，只剩我这个非“狼”非“狗”者在地里一个来回一个来回撵。我腰痛得身子缩成团，出刀越来越慢，恨不得爬上去。这个时候，张玉清、孙立义、郭登明、王培孝等，还有个别丫头，就会过来为我接趟，无异解救我于倒悬。

忙完秋收，再过些日子，地冻了，我和没成家的“半搭子”小伙子，如张学义、乔贵银、福成等，还有十六七岁的小姑娘就开始送粪。那地方冬天特冷，“三九三，冻得野狐了没处钻”呢。送粪要起五更。出门时我穿棉衣、棉裤、棉猴，戴棉帽，还冻得鼻涕跟水一样淌下来，黄黄的，没法吸住。送粪也可以偷工，如把一车粪多倒几堆，多铲些浮土盖上，看起来粪堆多粪堆也大，实际送到地里的粪并不多。生产队长（先郭尚科，后俞秉金）除了骂一骂也没有治这种“用自己的锤头捣自己眼窝”的好办法。

油坊梁有个菜园子。离小庄子八九里处，两个塬中间沟里有渗出的一点地表水，队上派人打小坝把水蓄起来，辟出一些小畦，用小坝的水种蔬菜、瓜果。俞汉、张普两位老汉是种菜的行家，加上灵干劳力我，三个人种着园子的几亩地（中间有一年是俞汉、王培元加我三个人种园子）。我们种蒜、水萝卜、葫芦、胡萝卜、豆角、茄子、黄瓜、西红柿、西瓜等。入伏以后，水萝卜拔了卖了，又加班在水萝卜地里种白菜、蔓菁。当地农谚“头伏荞麦二伏菜，三伏蔓菁长得怪”，“二伏菜”“三伏蔓菁”就是这个时候种的。我有四年春夏秋三季在园子度过，我的种菜技术全仗俞汉、张普、王培元手把手教的。

三

那是到生产队后的第三年夏天，政治队长的老爹要把他家一头已不下崽的母猪送我。我就问好友孙立义能不能吃母猪肉。他说地上跑的都能吃，你“喀”（去）赶来。我一听有了精神，在我住房旁边一个废弃“房壳廊”上扒开一个口子，把那头又瘦又老、走路哼哼唤唤的母猪赶了进去，把口子砌死。过了几天，我请人把母猪劁了（我唯一一次参与劁母猪的全过程）。我见天散工路上拔些灰条，用泔水拌点糠，干起充猪的行当。那母猪见着灰条，摇头晃脑，用脚踏着灰条的茎，把灰条的叶子嚼光。孙立义、郭登明等人都帮我拔过灰条。有的娃娃路过我的猪圈，也顺手把本来带回家的猪草撂进我的猪圈。这畜生的皮毛竟一天天有了光泽。勉强支撑到冬天，请孙立义弟兄等人帮我宰猪。我怕母猪内脏有毒，不敢吃，扔了。又把不多的猪肉剔骨去皮，用塑料雨衣包起来，放在房顶上。那个“大冰箱”很快把猪肉冻得硬邦邦，我过些日子撬一块下来化了煮着吃。母猪肉吃起来咯噌咯噌的，心里泛潮，但是不吃，吃什么呢，它可以填充肚子，让我见一点荤腥。我一直把它吃到来年开春。

1971 年是最难过的一年。这年天不下雨，旱过农历六月，糜、谷、荞麦几乎绝收。秋后，我按一些老年人的指点，打草籽备荒。每天天麻麻亮，趁着地里露水未干，扛上锄头到沙滩钩“灯索”。这是一种带刺的植物（不知学名），刺里有草籽，可以吃。每天钩一堆，踏瓷，使双肩背回来，堆在一个废弃的“房壳廊”。“灯索”的刺很厉害，好像有粉刺儿，会飞起来，弄得你脚背、小腿、头脸很难受，身子没有一天不痒的。为了备荒，我硬是挺了过来。那年，油坊梁周边草籽飘红，不少人家打草籽，我躬逢其盛。庄户人度年馑，没有别的办法啊。到了冬天，我把“灯索”一点一点铺在门口的地上，起先蹲地上用捧捶打（后来用连枷打），“灯索”的籽儿叫打得乱蹦乱跳，我眼睛都睁不开。强忍着做完打、簸、淘、晒等工序，获得几十斤“灯索”草籽。刚开始，做“灯索”草籽饭。因为难以下咽，改为和黄米掺在一起，做成赭掺黄的“二米饭”（“灯索”草籽呈赭色）。后来，又把“灯索”草籽和正常年份用来喂牲口的胡圪掺一起，磨成炒面，作为到远处干活带的干粮。吃这些东西肚子是胀饱了，力气却不知道跑到什么地方去了。我时常没精神，容易困乏，但总算平安度过年馑。

队上的羊只熬过冬天，在草原青黄不接之时，总有一些过不了春乏关，倒地死去。有一年，我到滩里把一只队上不要的快死的乏羊架在脖子上背回来，自个儿宰杀、剥皮、破肚、扒掉脏腑，弄了两三斤干肉。乏死的羊，胴体跟纸差不多，对着太阳瞧，光线都能透过来，那种肉怎么煮都煮不烂，我硬是啃着把这点肉吃了。

一年冬天，纷纷扬扬的大雪一连下了几天，一种比麻雀大一些、当地叫沙鸡的飞禽，冻得没处藏身、没处觅食，接二连三冻死在雪地里。好友张玉清告诉我，赶快到地里拾沙鸡，那是肉呢，过去也有过这种天气，成麻袋拾。我随即换上大头皮鞋，戴上棉手套，背上干粮，拿个帱子，到茫茫雪地转去了。从平地到沙坝、山沟，满滩跑。只要发现远处有个小黑点，跑过去准有冻死的沙鸡。一天下来，大头皮鞋湿透，收获了二十几只死沙鸡。第二天，烧了一锅开水，褪毛、剖腹、去肠肚，吃了两顿。因为是冻死的东西，只是胸脯处有蚕豆大的一点肉，实在也解不了什么“犒”（馋）。小庄子上的年轻人跟我开玩笑：“虱子也是一嘴肉，强比没有。”

秋后吃黄鼠润肠子。黄鼠不是黑老鼠，而是一种吃地里粮食的鼠类，浑身棕黄色，肥肥胖胖。逮它不容易，要挖很深的洞，我的技术和体力都不行，挖洞的速度没有它逃的速度快，逮不着，别人挖了让我吃一点。刚开始吃想吐；吃过几嘴没有想吐的感觉了；再吃，觉得那是天鹅肉。那东西真是老天赏给长年缺油水庄户人的一嘴好肉。

油坊梁九年，八年跌年馑，要吃回销粮（一个月十几斤玉米或红薯干，外加三五斤麦子）。肚子空，油水少，上面这些东西补充了回销粮的不足。有人会说，吃这些恶心死了。我说，保命时抢着吃呢。

四

一个夏天的中午，我突然心血来潮，用软黄米面蒸粳糕吃（生产队分了点软黄米，我用驴拉石磨磨成黄米面；自己用沙柳编了一个蒸屉），还没有完全蒸熟，出工时间到，就吃了不太熟的粳糕。下午是锄地，要走很远的路。锄了一会儿，肚子疼起来。当地土话说“头疼鬼捏的，肚子疼屎憋的”，我找个没人处大便。当时好一些，没一会儿又疼起来，而且一阵比一阵绞着疼。强忍到收工，我走不回居民点了。正在千难万难之际，好友孙立义骑驴来接，我才回到家。那天要是在滩里过夜就“麻达”（麻烦）了。

还有一次，是我到生产队不久得了感冒，郭登明让我到他家热炕上睡。我睡了一会儿，颠着小脚的郭登明老妈过来说：“我给你送一送。”我说：“行。”她到伙房舀了一碗黄米，用头巾包好，一只手拿着它在我头上绕过来绕过去，口里念念有词（听不懂）；另一只手拿着菜刀，在炕沿上咣、咣敲两下，打开头巾一看，碗中米的某个方向有了缺口，就朝那个方向撒几粒米，边撒边念叨什么。如此反复几次，我竟有昏昏然之感，在热炕上睡着了。第二天我的感冒好多了。她为我“送一送”时神情专注的样子，至今浮现在我脑海。她是大善人。

大约是1969年前后，我的左手腕起一个小疙瘩，长到蚕豆大，手腕稍使劲就酸疼。老人叫我用艾灸左三圈右三圈揉，都无济于事。有人对我说，公社卫生院有位外地来的大夫，姓韩，手高，人善，没架子，可以去试试。我向好友张玉清借了自行车，骑车到公社卫生院，挂了号，请人看。这个看看，那个瞅瞅，都不知道咋办好。我大着胆子说，想请韩大夫看看。有人给我指一位穿白大褂的中年人说：“那（né，当地土音）就是。”我凑上去请他看手腕，他仔细问情况，然后说，这叫腱鞘囊肿，最好开一刀，开完就可以回去。我身上只有几块钱，问他够不够，他问我是干什么的，我实话实说。他听了以后，没说什么，叫护士准备手术。这个小疙瘩长在号脉的地方，他下刀时十分小心，全神贯注。表皮剥开后，又发现小疙瘩碎了（可能是叫我左三圈右三圈揉碎的），他又很耐心地把碎血块一点一点取出来。缝针的时候，他轻声说："有一点取不净，就可能复发。"五十年过去了，两三厘米长的刀口至今隐约可见，可一直没有复发。后来有人告诉我，韩大夫是天津支宁医疗队的医生，因为急症，完（去世）在高沙窝。

有一年，我晚上走路老在一个地方转，地上全是模糊不清的黄光圈，怎么也走不到家。我问老年人，他们说，这是"鬼打墙"。问队上的赤脚医生俞秉银，他说这是夜盲症，得吃鱼肝油。我用身上仅有的一点钱，买了他药箱里不多的鱼肝油胶囊。他还告诉我，多吃羊肝能治夜盲。孙立义把他家攒下的熟羊肝给了我——从冷冻的仓房里拿出来的，上面落了灰尘。我的夜盲症不久康复。

另外，我的手变得粗糙不堪，常年裂口子，用胶布缠起来，胶布黑黑的了，也舍不得撕掉。有人戏说我是鸡"转"的，长着鸡爪子。有的婆姨开玩笑说："手成这样，谁跟你？"没办法，我攒着钱，只好到处买胶布。恢复公职后，"鸡爪子"恢复为"人爪子"：原来那是生存环境造成的。

五

在这个小庄子我养过两只狗。一是用来防备我家的门被抬开（曾被抬开多次，丢了一些什物）；二是有狗围着转，为我的生活添活力。

头一只狗叫黑子，被我抓养时刚会在热炕上爬来爬去。稍大一些，我让它睡在炕洞口附近的地上。入夏以后，成了一只大狗，让它睡在门外的柴垛里（给掏了个狗窝）。当年冬天就产崽，我赶紧送去一碗细糠米汤，它狼吐虎咽吃了进去。冬天，冰天雪地，寒风刺骨，柴垛狗窝无遮无拦，黑子用爪子、胸脯、脖子护着它的九个崽，半夜小家伙还是冻得呜呜叫。我时常半夜起来，穿上棉猴，把它们一堆一堆抱回屋，放在炕洞口的地上，黑子当然也跟进来。狗崽不再叫唤，我也睡得踏踏实实。那次我骑自行车到公社卫生院看腱鞘囊肿，黑子跟着。往回走时，我一只手做了手术，只能用另一只手推自行车慢慢走。天黑昏下来，黑子在前面呼呼呼领路，准确地把我带回了家。作为犒劳，我掰了半个从公社街上小饭馆买的馒头给它。它一口吞进，差点噎住。

另一只狗浑身黄，取名大黄。大黄比黑子晚来一年，是只公的。抓养大黄，原意是加强家的守卫力量。开头，我有此想法，可是又有点顾虑，怕没有东西喂养两只狗。老人们说，狗头顶着三升糠，那是玉皇大帝看狗勤快赏给它们的。意思是，狗能到处找吃的，就像它们自己备（顶）着糠一样。还有位老人说，自古只有饿死人的，没有听说饿死狗的。我觉得老人们说得有道理，于是，家中又添一“丁”，就是大黄。我的那点泔水不够它们分享，大黄自觉地出去“打秋风”，混饱肚子就回来一心守家。开春风和日丽的日子，揭完地抢时间洗洗衣服、被子，洗完后坐在墙根晒暖暖，双手抚摸两只狗狗油光光的皮毛，让我生出一丝欣慰。我甚至觉得，有黑子、大黄做伴，油坊梁的日子也可以过到老。

有一年秋后，队上派我到四墩子打石子。临走时，我担心黑子、大黄没人喂。郭生金老妈说，放心去，一个也饿不死。我下狠心丢下它们走了。一个月后，我打石子回来，黑子、大黄老远就看见我，冲我狂奔而来。我发现它们瘦了一圈。我问郭生金老妈："黑子、大黄是怎么过来的？"她说："只要庄子上有人端出猪食盆，一叫猪它们就来，这家叼一口，头上挨一勺头，那家抢一嘴，身上挨一棒，后来大家觉得怪可怜的，也不打了，就跟我们的猪一起吃。"

它们死守家门，等我回来，相信我会回来。这就是狗啊！

后来农村的运动一个接一个，规定有"帽子"的人不准养狗。我只好请队上一位"半边子"（智力障碍者）、大家叫他"滕缠缠"的人在我下地时把它们吊死。狗肉、狗皮都归他，他淌着口水高兴了一阵。从此，我干活回家再见不到活蹦乱跳的两只狗狗，没有人向我透露它们是怎么死的，怕我伤心。

数十年后我写过一篇短文纪念黑子、大黄，题目叫《苦命狗狗》。是的，黑子、大黄，你们跟了我，真正苦命啊！

六

1975 年 5 月一天下午，我正在生产队菜园子干活，好像是翻地。突然，队上一位姓俞的羊把式站在菜园子崖垴，喊道："王庆同，王庆同，荀队长叫你到公社去，估摸是好事。"

荀队长是政治队长，与他有关的"好事"会是什么？我想不出来。我心想：如果是复查、平反，总得派个人来通知，不能这么随便吧。不过，我还是像怀揣兔子，心咚咚直跳。收工后，我向种菜师傅俞汉告假，赶上灯时回到生产队的居民点。

我问荀队长是咋回事。他不紧不慢地说：

"上次公社开会，公社 × 秘书让告诉你，你到县上去一趟。"

"到县上找谁，啥事呢？"

"你问 × 秘书就知道，我也说不'机密'（清楚）。"

这一夜，我一头雾水地睡觉，猜想这几年我的不断申诉有信儿了？第二天一早，步行去公社，找到 × 秘书，他说："你到县上'喀'，找组织部。"我问："啥事呢？"他说："区上有通知，你'喀'就知道了。他给说，我也不会说（意为说不明白）。"

当天下午，我搭乘路过的拖拉机赶到盐池县城，找到县委组织部。县委组织部领导让我看了自治区有关部门对我的案子复查的批复处理意见，大意是撤销"帽子"，恢复公职，由盐池县委安排工作。

这里要追叙一件事情：1974 年的一天，下着雨，我正在家里（居民点的“喂猪房”）吃过午饭稍歇，门口突然出现原工作单位人事处的熊副处长。她穿着雨衣进了屋，也没地方好坐，就站着说：“你写的申诉，写到外头的申诉，我们都看了，你不要写了，耐心等待。”我说：“你把雨衣脱了上炕坐，我给你做饭吃。”她说：“到大队拿个材料，马上要回到公社，明天坐班车回银川。”那就是说，她从银川来回坐班车，冒雨走五十多里沙路到油坊梁就是为了对我说那几句话，到大队拿个材料（估计是我劳动表现的材料，后来我听说材料写得不错，是实事求是的）。我至今感念她的好。

我从县上回到生产队，把信息如实告诉所有的人。紧着把粮食、杂物装箱装袋，把风箱、铁锅、水缸，坛子、菜刀、案板、磨石、镰刀、锄头、铁锹等分送给一些朋友。一大一小两只自留羊送给生产队。一切准备停当，开始做最后一件事：请大家喝酒，辞行。我请孙立义婆姨路凤兰给炒了几盘菜（土豆丝、莲花白、韭菜炒鸡蛋，还有大肉烩粉条），就在孙立义家的外屋，请生产队的人喝酒。那晚，差不多的中青年人都来了。没有什么缠绵悱恻的话，有的说“工庆同不用戳牛尻子了”（意为不用打牛屁股耕地了），有的说“不用拧棒子了”（意为不用自己卷旱烟，可以抽纸烟了），再就是一个劲儿划拳灌酒，路凤兰不时添菜。我不会喝酒，喝了几杯就请孙立义代酒、劝酒。

第二天，初夏早晨的太阳明晃晃地从菜园子方向升起来，村西边左三的铁匠炉传来叮叮当当的打铁声，张木匠正在库房修农具，有了拉锯的声音。村北头的油坊烟囱冒了烟，“油包子”（指抡大锤榨油者）王锡治可能正在抡大锤榨油。居民点的鸡犬之声可闻，自留羊的咩咩叫声刺耳。我生活了九年的油坊梁沐浴在带着沙漠干燥气息的阳光中。在这个环境里，淳朴的农民、基层干部与我“和平相处”，做样子的批判会不过两三次。山民帮我渡难关的情谊烙印在我灵魂深处，现在要和他们分别，留恋之情从心底升起。

该走了。队上一辆到公社粮库打种子的驴拉车捎着我的行李，我在车子后面步行，走出村子。几位朋友送我到村头，与我话别。

九年苦难，挥手自兹去；相濡以沫，永驻我心间。

渐渐后退的小庄子，落到地平线下面。随后，当年我来时最先映入眼帘的村头树梢也从视线中消失。来时一个人，走时一个人，人没变，只是痴长了几岁，在与生活的对手较量中，战胜了自己，变形而不折，隐忍而不屈。

再见了，油坊梁！

乡亲们，盼你们有好日子！

油坊梁人家

关外路，

看西山落日，

雨露疗伤。

——王庆同《沁园春·述怀》

郭 家

郭登明比我小几岁，是个实受（实在）人。半个多世纪前，我只身从银川迁赶到盐池北部荒村油坊梁劳动改造，住沙海烂房子，翻过一个沙坝就是他家，是我唯一的近邻。最初口了的米、水、柴、菜都从他家拿，他教我怎么撇米汤焖饭；怎么点炕；怎么一天焖一次饭，分成三牙子，每顿吃一牙子才能赶上出工……每天东方露曦出工，他到门口叫我一起走；西山落日收工，他和我一路，先到我门口，不忘进来看一看。我一到生产队就碰上秋收，不会割糜子，狼狈不堪。他教我后肘抬高、茬子压低、揽把出刀快等要领。一段时间后，我才勉强算个劳力。

头一年秋收，郭登明与我一起出工，一起回家，路上还说话，于是队上有人说，郭登明与“分子”胛子靠胛子。言外之意是，他没有同“分子”划清界限。郭登明知道后，仗着他是贫下中农的政治优势，拧着脖子抗争说：“他不会干活，我教他，胛子靠胛子又能把我咋的！”

后来，他当了生产队保管，我去库房打粮，只要周围没人，他就让秤翘得站也站不住。他说：“你拿上，‘罢’说。”

2002 年我去看望郭登明，他的儿子郭宗从伙房拿出一块磨石说：“这是王叔那年离油坊梁时送给我爸的，我们搬家丢了不少零碎，这块磨石没舍得丢。”我一看，可不是我的那块黄里透青的细磨石。我请他保管好，那是一份友谊的见证呢！

郭登明的大哥郭尚科，当时是生产队长。1966 年冬，我曾到北京上访一个月，没挣上工分。这年春节前决分时，他在社员会上说：“是人就有一张嘴，以实求实把王庆同口粮分上，吃好肚子好改造他。”他是变着说法给我分口粮。他派我去种园子（这是好差事），上头来生产队检查工作，有人提这个事儿，他给顶了回去，他说：“种园子偷的不行，往家里拿，叫王庆同种，吓死他不敢往回拿。”

郭登明的弟弟叫郭登亮。2011 年春节，我去看望郭登明，见到郭登亮。那时他是小学生，此时也已经五十来岁，但模样还在，我一眼就认出他。他从自己的视角回忆对我的印象。他说：“刚开始你不会焖饭，黄米就朝冷水锅里放，煮出来的都是稀饭……你那手没法看，缠的全是胶布……”他透露说：“当时队上还有人暗中喜欢你呢。”我说：“我怎么不知道。”我们在哈哈大笑中回忆昔日的辛酸，思谋今天日子来得不易。

郭生金比我小十岁左右，他家的驴力气大，好使。我套车拉柴、使碾、推磨多半借他家的驴。他会对老妈说：“娘娘，王庆同借驴使，借给吧？”他带倾向的请示，通常得到老妈的批准。他老妈会从炕中央挪到窗子跟前，隔着窗子对我说：“王庆同，你使‘喀’，不当豁的（可怜）。”滩里装柴得两个人，一个人在地上挑柴，一个人在车上接柴、踏瓷。我常要请朋友帮忙，郭生金常常既借驴给我，又到滩里帮我装柴。我看狗狗黑子、大黄前，碾米后的糠多半给郭生金家。他家年底宰猪，叫我去吃一顿肉饭并且一再让菜。20 世纪 90 年代，我到灵武狼皮梁吊庄看望从油坊梁搬迁来的旧时农民朋友，到郭生金家去过。他拿出家里的饼干、红糖茶水招待我，很亲热。我与他、他的妻子在家门口合影留念。2003 年，我再去狼皮梁访旧，见过他，他身体不太好。又过了一些时候传来消息，说郭生金因病去世了。

孙家

孙立义比我小九岁，1967 年我搬到生产队废弃的“喂猪房”——这个“喂猪房”在居民点，孙立义家也在居民点，我俩交往多起来。

晚上，他常来我家闲谝。朝热炕上盘腿一坐，掏出烟袋，撕个二指宽的纸条，捏上一撮烟叶，熟练地拧成一棒烟递给我。他再给自己拧一棒烟叼嘴里。我们抽着自制的卷烟谝将起来。孙立义为啥愿与我谝？我听人说他曾对别人说“王庆同面善，没啥事”。他常谝先人告诫人要行善的故事，他说，“大跃进”运动，他是民兵，背着一杆破枪，队上叫他押一个“投机倒把分子”（私自到队上收购什么东西的人）到公社去。一路上，那个人不停地说家里还有老人、老婆、娃娃，到公社就要转到县公安局，那就惨了，等等。孙立义听着听着对他说：“你还不拉屎，快‘喀’！”那人听了先是一愣，随即朝沙蒿背后走去。孙立义坐在原地抽烟，抽够了，故意大喊大叫一阵，朝反方向追了一段，然后回生产队报告说不小心叫人跑了。两年以后，他到银川办事，在汽车站见到一个人，一把拉住他叫老弟，硬拽着他到饭馆吃了一顿肉饭，分手的时候人家也没说啥。他想来想去像是被他放跑的那个人。这个故事，他对我讲过多次。他深信自己与那人没有仇，干吗不能做点善事。

队上秋收时，孙立义帮我接趟，特别是拔麦子（旱地麦子根浅，收麦子是用手拔，不用镰刀割），我的手满是口子，一捏麦秆钻心地疼。我是咬紧牙关才拔了一趟又一趟，但拔的速度越来越慢。这时候，孙立义往往从那头拔过来接我。

生产队利用春耕春播结束到锄地前二十来天的空隙时间，常组织青壮劳力到“外首”挖甘草。有一年，我们这些挖甘草的挤睡在“外首”草原的一个“房壳廊”地铺上，我与孙立义铺挨铺。有一天半夜，天上飘起毛毛雨，寒气袭来让人打冷噤，我与他裹着被子互相挤着睡，“风雨同淋”。吃饭时各人就自己带的腌蔓菁、酸菜（用菜罐子装着提来），我什么都没有，孙立义让我在他的菜罐里夹一些就饭，我们又“风雨同罐”。

孙立义是生产队副队长，与川区的人有联系，常主持队上社员用山芋换川区的稻米。川区的拖拉机或汽车带一些稻米上来，孙立义则把各家的山芋收集起来，按四斤或五斤换一斤稻米的比例，把拖拉机或汽车带来的稻米换下，然后分给出了山芋的社员。这事儿很麻烦，要想换一点，得早早与孙立义说好。我呢，每次张口要求换一二十斤稻米，他没有拒绝过。那九年，每年能吃到一点稻米(少则十几斤，多则二三十斤)，全仗孙立义，还有张玉清、俞秉金、俞秉银等人帮忙。换来的稻米不多，吃的时候就更珍惜。一般也不吃纯稻米饭，而是吃二米饭（稻米掺黄米）。二米饭也是很金贵的，当地有个说法：“稻米掺黄米，丫头嫁到银行里。”足见二米饭也不是人人能吃到的。

有一年，油坊梁的粮油几乎绝收，我到滩里打“灯素”草籽备荒。脱粒很麻烦，草籽拉人很难受。孙立义知道了，过来对我说，他爷爷手里用一种叫连枷的东西，可以站着打草籽，很方便。我说，拿来我看看。他说，早就找不见了。然后他耐心、详细地描述是个什么样子的东西。我自己动手仿制出来，果然好使，减轻了我脱粒草籽的负担。孙立义的热心可见一斑。

有一年夏天，我们到一块离生产队很远的地方锄地，中间我肚子绞疼。收工往回走时，疼得更厉害。走到最后一个长坡，已经直不起腰，走两步用手撑着爬两步。天黑了下来，大伙都忙着回家做饭，只剩我一个人在后面慢慢挪。突然从坡顶下来一个骑驴的人，渐行渐近，原来是孙立义。他看我走不动，急着在前头跑回去，骑驴接我来了。他把我扶上驴背，一手扶我，一手赶驴，嘴里还说“回到队上就好了”，鼓励我坚持。他慢慢把我驮回队上，我才渡过难关。

1974 年，我曾在生产队给自己盖了一间新房子，孙立义出了大力。他泥水活好，我的新房子之所以有点“样法”，与孙立义在墙上最后几道工序（砌、裹、搪）使出绝招，把墙收拾得“窝窝严严”（得体、漂亮）有关。他裹墙的时候，嘴里叼一棒旱烟，一手托泥板，一手使“泥子”，熟练地在墙上来回抹泥。只见“泥子”过处，墙体有了“活气”。干得差不多了，他把旱烟棒子朝地上一吐，说开了：“人活脸，树活皮，土墙活的一锹泥。”

20世纪90年代以后，我五次去灵武狼皮梁吊庄看孙立义（他全家迁到那儿）。他总早早站在大门外等我（我事先辗转打电话告诉了他），一见我，喜得不行。我们盘腿坐在炕上谝过去的事，寻找当年的感觉。每次去，我带点牛奶、香烟、糕点之类的。他总推辞不要，实在不行，他的几个女儿，还有小女婿李跃全就把他们自产的苹果装箱回赠我。有一次，孙立义还要逮窝里的兔子送我，我坚决不让逮。稍感遗憾的是，他对我不像当年那么随便，有点拘谨了。

他总是站在大门口，望着我坐的车远去。

2020年2月5日，孙立义的女婿李跃全发微信告诉我，他老岳父孙立义去世，医院的诊断是肺功能衰竭。因为新冠肺炎疫情影响，交通受阻，我未能前去悼念，打了一点钱去，委托李跃全代置一个花圈送上。我在微信圈发一篇《悼劳动挚友孙立义》，文尾留了几个四言短句：“呜呼立义，世纪挚友。良知常在，真情永驻。‘但为君故，沈吟至今。’”（“但为君故，沈吟至今”出自曹操《短歌行》。沈，同沉。）

孙立义的弟弟孙立平几次与我一起外出修路。他力气大，拉重车时主动掌辕，我在后面揎，从不为难我。他少言辞，为人却善良。我离开生产队后再次回队上拉队上分的粮食时，是他赶车送我到青山。2000年，我去油坊梁看旧时朋友，见到孙立平。他因为干活不惜力气，看上去苍老了许多，我感谢他当年对我的关照，他只咧嘴一笑，喃喃地说“我在电视上见过你”。

直到现在，他还守着油坊梁的那个家。他的儿子孙学军现在是村主任，工作得很好，是他的一个安慰。

俞家

俞汉是种菜园子的把式。队上的菜园子基本交给他种，另外给配两个助手就行。我是队上给他配的助手。菜园子有一个地窨子，地窨子里有盘小炕，我与他在这个小炕并头睡了约一千多个夜晚。春夏秋三季一起种园子四年，就睡那个地窨子炕上。他要求很严格，我能做到他的要求，他比较满意。我能种几年菜园子，与他不拒绝我有关。到“外首”三段地卖菜，他带我去；菜园子卖菜的账，他叫我记。他对我有足够的信任。

我在自留地边上种旱烟，是俞汉教的。他说，在自留地边上种旱烟对自留地收成影响不大。我照他说的做了，收了旱烟，晾干后，把叶子揉碎，秆子放碾子上压碎，也抽上了自留地种的旱烟。我不够抽，他会给我一点。还教我把茄子叶子晒干，也可以顶旱烟抽。我试过，只能冒烟，不过瘾。

俞汉的自留地种得比别人好。我问他原因，他说，割糜子时候茬子留高一点，冬天刮风不会把地表的好土刮走，还可以“浪”沙子保墒、改良土壤。俞汉的这个经验，的确是老农智慧的结晶。但在生产队行不通，因为生产队年年要“在多收一斤草上闹革命”（上面的要求），收糜子时必须把糜茬压低，谁把糜茬留高要挨批评。俞汉自留地与队上地糜茬的区别，真值得玩味啊。

1991 年，我到灵武狼皮梁吊庄看旧时农民朋友，到过俞汉家——他家也从油坊梁搬到了狼皮梁吊庄。他已七十多岁，正蹲在院子里侍弄菜苗（他一辈子离不开心爱的菜苗）。他把我让进家，坐在炕上回忆往事，问及我的家室情况。他对我很客气，双手递茶，我又有点伤感。临走时，我与他和他的老伴在家门口合影，这是我与他唯一的合影。后来俞汉因年高走了，未能再见上一面，很是遗憾。

俞秉金是俞汉的堂侄子，是我住到居民点“喂猪房”时的近邻。到菜园子干活较自由，还能随便吃菜吃水果（菜园子有果树），是生产队的好差事。他接替郭尚科任生产队长，也曾派给我“好差事”——种菜园子。1975 年，我恢复工作，用驴拉车从菜园子拉着铺盖卷离开“受苦”之地，那一年就是他派我去种菜园子，那个驴拉车也是他派去接我的。

我只有一个大铁皮水桶，到井上吊水我提不上来，也容易碰坏，就常借俞秉金家的帆布吊桶吊水。有时他不在，他的婆姨张玉霞没有叫我看脸色，乐意把帆布吊桶借我使。过年了，他家宰猪，叫我去吃肉饭。正月二十三燎疳，他家院子里点起沙蒿柴，周围大人小孩在火堆上你跳过来，他跳过去，说是燎掉晦气。这个时候，我会跑到他家院子里，跟在众人后面燎疳。

俞秉金作为队长，没有嫌弃我的参与，与我也是有说有笑。

俞秉金有时来我家闲谝，看我申诉信写了一封又一封，不见回信，又觉得我是个实在人，还有文化……就利用去银川办事的机会到我原工作单位一趟，问是否可以让王庆同当生产队会计。一位军代表接见他，问他是什么成分，他说是贫下中农。那人说，这就不追究你了，王庆同不能当会计，叫他好好改造。他吓得没敢多说，回队上对谁也不再说起。直到我平反后，他来银川我家才说了此事。

他看我怎么也不像坏人，当时仍一如既往地与我来往。有一天晚上，他突然来我家，要我帮他写一份入党申请书，他说他要入党了。我用流行的语言为他写了一份入党申请，第二天晚上交给他，我说：“你要抄一遍，千万不可就这么交上去。”他说：“知道，你也‘罢’对人说。”我们相约对谁也不说，直到三十多年后的 2008 年 9 月，自治区成立五十周年前夕，中央电视台十套“见证”栏目报道组来银川采访我，希望我提供了解我当时在生产队情况的人的名单，而那时俞秉金刚好在银川，我就把俞秉金的电话告诉了他们。他们找到俞秉金，让谈谈王庆同当时的情况。他开头第一件事就说自己的入党申请书是请我代写的。报道组的同志很吃惊，问：“王庆同如果为了表现积极，把你‘卖’了怎么办？”他淡淡地说：“不会的，人是啥人脸上带着呢。”

俞秉银是俞秉金的堂叔弟弟，生产队的赤脚医生。我与他的交往都与病有关。一是我有一年得了夜盲症，他卖给我一瓶鱼肝油。两是我的一双手长年裂口子，得用胶布缠来缠去，要不然干活时手疼得不行。当时队上只有赤脚医生有胶布。我常问他买一点，两毛钱本来只能撕一寸宽，他会撕一寸半给我。这是很大的人情呢。三是我揭（耕）地时要用一个药瓶子、一点酒精，用酒精棉球在滩里点着沙蒿柴热饭。我没有那些东西，都是问俞秉银要的。特别是酒精，他也不多，硬是倒了一些给我。20 世纪 90 年代我回油坊梁访旧，他已因病去世，我感到惋惜。

张 家

张玉清年轻，干活利索。秋收时，看见我摇摇晃晃割不上去，常挥镰给我接趟。我那点“趟”，他三下五除二就“灭”了。我望着他又坐在地头休息，既感激，又敬佩。队上组织劳力到“外首”挖甘草，一般都是各干各的。你朝东，他朝西，各碰各的运气。碰到一窝好草，这天就丰收。有的人一看见别人跟，就骂“跟屁虫”。我没有找好草（秧子）的经验，就常跟张玉清，他不骂我“跟屁虫”，看见几处露头草，甚至招呼我过去，说：“这几个你挖。”他把自己唾手可得的利益让给了我。有一次，队上派我和另外几个人到大队供销社打院墙，由张玉清带队。他和另一个人站在墙头提杵（那是技术活），我们几个当小工发土（把土块打碎弄细）、撂土。撂土看起来简单，其实不然。刚开始，我用力不够，撂不上墙头；后来又用力过大，撂过墙头，落在另一边，等于白撂。我边干边学，掌握撂土的窍门。张玉清在墙头一直鼓励我。每当我把土准确地撂到他脚下，他就说："就这样，就这样，对着呢。"

张玉清看我打草籽补充口粮怪可怜的，主动跟生产队油坊的人说好，给我半块胡坨。正常年景，胡坨用来喂牲口，跌年馑则用来补充人口粮的不足。给我半块胡坨是很大的照顾了。我把这半块胡坨压成面面，与"灯索"草籽做的炒面混一起，做成"灯索"胡坨炒面，尽管不好吃，但比空肚子强。

20 世纪 90 年代初我第一次回油坊梁时，张玉清已经因车祸去世。2011 年春节前，我得知张玉清的妻子俞秉花在银川住儿子家，遂邀请她与另外几位在银川的油坊梁人一聚。她明显老了，当年充满活力、年轻的"张家（jì）"，怎么就成头发花白的老太太？张玉清如果在，大概也不年轻了。看见俞秉花，我忆起张玉清的许多事情。人生无常啊！

张玉亮是张玉清的堂叔弟弟。张玉亮与他的老爹张万珍都比较仗义。1974 年，我在队上盖新房子用的苇席，是他父子俩赶大车时从川区捎带来的。张玉亮的岳父田郎中是游医。一次我肚子绞疼，田郎中用土办法消除了我的病痛。后来田郎中因病去世，张玉亮找人抬棺，我说我去，他说行。于是，张玉亮和我，还有几个年轻人，把田郎中的棺材抬到“山台”一个向阳的山坡埋了。后来碎娃娃说老田的坟叫狗刨了，我一个人掂着锹去看过，坟好好的，就给添了几锹新土。张玉亮本人，他父亲，他岳父，都为我做过好事，我没有忘记。

张学义那时是十六七岁的青年，多数年份揭（耕）地离不了我与他还有几个年轻人。五更天，他路过我住的“喂猪房”，拿鞭杆在门上敲两下，喊一声“王庆同，起”，我起来一看，四点多钟，赶紧穿衣套鞋，出门向牲口圈走去，牵牛挂犁。冬天起五更送粪，也是他或乔贵银来叫我。张学义、乔贵银正年富力强，送粪时头上冒汗拼命赶进度，一个比一人跑得快。我那时三十多岁，也不示弱，和他们飙着干。赛到最后，我要落后半趟。他们倒不马上回去，而是在地里等我，一起回队卸车。

冬天，我和张学义，还有另外几个年轻人，在菜园子平地背土，一边背，一边尽着嗓子划拳。好像这么一来，背上的压力就不怎么觉着了。夏天锄地时，在地头休息，我和他，还有一些年轻人玩“狼吃羊”（用柴棒在地上画个棋盘，拾一些羊粪蛋就能玩），谁输了叫对方弹一个“蹦壳子”。

我与张学义的友谊是在劳动中建立起来的。后来我回油坊梁访旧，他已是生产队长，宰鸡款待我。他女儿张院梅带她爸她妈外出旅游，我赶到银川火车站送行。2017 年，他到银川住院治病，我到医院看望。现在，张学义夫妇在油坊梁安居。他也是七十左右的人了，我们有微信联系，常互致问候。

张木匠叫张什么，我至今不知道。当时是油坊梁的木匠，队上耧坏了，犁坏了，架子车坏了，大胶车坏了，库房的门窗坏了，他负责修理，手艺高，个性直。1974 年我在队上盖新房子时，队上借给我的旧门窗有点不合窍道，他给收拾了一下就好了。

有一年我回油坊梁访旧，送给他两盒纸烟，他不要。我说老王给他的，他收下了。因年事已高，不久去世了。

张木匠的女儿张凤秀当年曾在众目睽睽之下为我接趟（秋收），张木匠的儿子张正良在我平反后曾到银川看望我。

乔 家

乔贵银那时也十六七岁，我与他，还有张学义，都是队上揭（耕）地、送粪，园子平地、背土、背粪的劳动伙伴，也是锄地、秋收地头休息时的"玩家"（玩"狼吃羊"，输了被弹"蹦壳子"）。2008 年，我回油坊梁，下着小雨，我站在沙坝上对着他家喊："乔贵银，乔贵银，你看谁来了？"五十来岁的他从家里慢吞吞踱出来，朝我走来，到跟前看清了："噢，老王来了！"他让我去他家，指着相框里上次我回队上与他合影的照片说："老王，你看，我把你的照片镶在框里呢。"2010 年，他和婆姨到银川儿子家住，一到银川就给我打电话，我们相约过年见面。这年春节前，我和老伴与乔贵银夫妇，还有在银川的几位油坊梁人一起吃了一顿饭。乔贵银做过肠手术不久，我问他感觉如何，他开朗地笑着说：“好了，都好了。”那天，我们聚得很开心。后来，乔贵银夫妇回油坊梁，突然传来消息说他肠病复发，病逝在油坊梁。

乔贵银的父亲是生产队的“贫农代表”，人称“乔代表”。后来我与他熟了，有一天，他端着一碗油炒山芋丝黄米干饭，在居民点边走边吃，见着我，把碗放在手里递过来说：“你吃，你吃。”我连忙说：“你快吃，你快吃。”我们友好地擦肩而过。我听说他曾对人说：“王庆同有文墨，迟早是个走，打墙板，上下翻。”那天让饭时，他也说了差不多的话。“乔代表”的话对我是个鼓舞。他有老农特有的生活经验和判断能力，是一个真正的老农。

王 家

我刚到生产队不久，突然房门叫抬开，进来一位中年人。他自我介绍是生产队的民办老师，姓王。听说我是知识分子，特来借书。我把挎包里的几本“必读书”给他，他说：“这个我有，那就不借了。”他提醒我：“这个门破烂，一抬就开，以后小心点。”他匆匆离去。随后不久，王家大婶给我送来一些吃的。再后来，收割糜子时，我突然发现我的趟成了一沟（原来是每人收割两沟），抬头一看，我的前趟多收了一沟（他割了三沟），他是帮我来了。这个人就是那天晚上来借书的王姓民办教师。在地头休息时，我向他致谢。他说：“我以前在报上看过你的文章，你好好改造，你不会有大事情，有大事情也不会到生产队来。”后来，我知道他叫王培孝。1991 年，我第一次回油坊梁访旧，他已因车祸去世。他的女人见到我，悲伤地说：“他一直念叨你。”

三年前，我的学生王红芳（宁夏大学新闻专业 1998 级，任职新消息报社）看了我的《边外九年》一书，对我说，王培孝是她的小爷爷，那年中秋晚上给我送油饼、油炸辣子的王家大婶是她的五奶奶，与我一起种了一年园子的王培元是她的五爷爷，生产队油坊“油包子”（抡大锤榨油者）王锡治是他的父亲。大跌年馑那年，张玉清主动与油坊商量给我半块胡坨，王锡治等人都是同意的。这么说来，油坊梁王家帮了我不少忙，我不应忘记。2019 年 1 月，我与在银川的油坊梁人相聚，请王红芳参加，我们一起度过愉快的两个小时。

高　家

高祺比我大十几岁，年轻时拉过骆驼，有丰富的生活阅历。他家就在我家（喂猪房）后面，常坐到我的热炕上闲谝。

1974 年，我从“外首”蒙古族人那里买母山羊做自留羊，是在高祺的帮助下办的。这年秋后，他套上自家的驴拉车，带着我朝北而去。在大草原上走到下午三四点钟，来到一户独立的蒙古族人家（周围没有别的人家）。老高把驴拴好，掀门帘进去，只有一位老太太在家。太阳落山了，老太太的儿子、老高的朋友放羊回来，招待我们吃羊肉。吃好后，老高开口说：“老王是我的朋友，要买你的一只母山羊，你看多少钱？”这位蒙古族人说：“你的朋友就是我的朋友，好商量，给十块钱算了。”这是非常便宜的了，至少便宜了一半。我立马掏出十元给他。他说明早出圈，自己去挑，随便挑。第二天一早，老高领我到羊圈挑了一只最好的母山羊。临走时，这位蒙古族朋友对我们说“下次再来吃肉”。这是我第一次与蒙古族人打交道，老高帮了大忙。

老高的旱烟，有时掺一些冰片、人丹，抽起来凉凉的、香香的，跟他干活或出门，能抽到他的好旱烟，高兴了，还会朝我的旱烟袋里倒一点。

2003 年，我到灵武狼皮梁看望老朋友时，高祺已八十岁高龄，走路慢，身体弱。我到他家时，他笑了起来，慈祥的脸庞一如当年，只是背有些驼了。我们留下了唯一的一张合影。后来，我在银川听到老高去世，很是悲伤。

荀 家

荀智是生产队的政治队长，负有监管我的职责，但只要上头没有安排，他不管我，从来没有要我三天两头汇报什么。有一次，他家吃猪灌肠，他的婆姨还叫我去伙房吃了一顿。生产队长叫我种了四年菜园子，没有政治队长（荀智）默认不吭声也种不成。他年年主持队上分肉（集体淘汰的羊），从不干涉操刀者给我多分一些。2003 年夏，我到狼皮梁吊庄访旧时，看望病中的荀智。他躺在炕上，我说：“荀队长，我看你来了。”他抬起头，带着几分伤感说：“王庆同，我以为这辈子见不到你了。”我安慰说：“我这不是来了吗，你好好养病。病好了，我们重回油坊梁。”他缓慢地说：“怕是不行，气短得很。”我们回忆往事，说到当年分肉，他有点生气地说：“我给王庆同分了一个羊脖子，婊子养的 ××× 给我在库房贴了一张大字报，说我没划清界限。”我说：“我咋不知道？”他说：“我把它撕了。”我忙用话岔开，我说：“你婆姨锄地还唱歌呢。”这时，正在擦柜子玻璃的婆姨回过头来笑了笑，她也老了。后来有人告诉我，三个多月以后荀智去世了。

这次看望荀智，是我特意安排的。我本是到狼皮梁吊庄西村看望劳动挚友孙立义。叙谈良久后，我说想看望荀智，于是他领我步行五六里路，到东村找到荀智家门。

油坊梁老汉

俞 汉

我与大我二十多岁的俞汉，在 20 世纪六七十年代，于盐池塞外荒村油坊梁一起种菜园子。四年时间里，我们睡在一个很小的地窨子炕上，度过每年春夏秋三个季节的夜晚。他教我种菜的技术，盼我助我生活得好一些。

俞汉干活认真，从不“偷工减料”；性子耿直，有话就说；关心个人的合法权益。他对队上打无用的带子井投入大量劳力、干部开会挣大工分等事不满。有一次，正在平地，他气冲冲地说：“他们浪，阿们（我们）也浪。”一屁股坐到地埂上，歇了起来。我跟着坐在地埂上，屁股还没有坐热，他又站起来用耙子平地，我赶紧跟着干活。这天太阳落山后，我们回到生产队居民点，晚饭后，他站在居民点的巷道里骂开了：

“阿们（我们）在园子挣点工分，十二根肋骨动弹，有人在队上浪工分，羞你们先人！”

他就是队上的先人，没人敢回话。

俞汉是个公道人。队上组织青壮年劳力到“外首”挖甘草，俞汉总是二十来号人事实上的领队。生产队长俞秉金对俞汉说：“二爸，这些人就交给你了。”俞汉说：“看你这娃娃说的，有我在，你放心。”到了挖甘草的荒滩，俞汉对这些人安全、吃住关怀备至。他焖好一大锅黄米干饭，你三两，他四两，还有半斤的（从各人米袋子称米下锅时就不一样），他用勺子打饭，打得精准，众人没意见，这不光是技术，更是公道之心。

俞汉是个聪明人。他的自留地的糜茬比队上的糜茬高一截。我问他何故，他说：“浪沙子，保墒啊！”所以，他的自留地开春墒情比别人好。他看我在队上好几年了，劝我养自留羊。我说麻烦呢，他说：“母羊下母羊，三年五只羊。”我不明白，他解释说：“你假如看只母羊，当年下了只母羊羔；第二年大母羊又下一只羊羔；第三年大母羊小母羊各下一只羊羔，不是五只羊了。”我一听来了精神，请老高带我到他认识的蒙古族朋友那里买了一只母山羊，养起了自留羊。

俞汉是个热心人。他劝我成家，我说：“我拿什么养活人家。”他说：“这个你就不懂了，两个人有两个人活法，不用你养活。你成家就心安了。”因为没有机会，此事也就搁下来。时隔二十多年，1991 年我到灵武狼皮梁吊庄看望他时，他急切地问我：“成家了没？”——他视我这个“远方归来”者还是少年，牵挂之心依然。

张 普

张普五十多岁，是队上的“贫农代表”，人称“张代表”。我与俞汉、“张代表”一起种过三年菜园子（还有一年是俞汉、王培元、我三人种菜园子）。我们相处得较好。1974 年，在我原工作单位人事处熊副处长来生产队告诉我“耐心等待”以后，“张代表”说：“北边有个离婚的，我给你说走。”（意为给我介绍对象）不久，这位女人来菜园子买菜。我们正在地里干活，“张代表”对她说：“这就是王庆同。”说完，他和俞汉走到别处去了，我和她来到我们住的地窨子，坐在炕上，我对她说：“我没有平反，也不知道什么时候能平反，但我相信迟早能平反。”我说的是实话。她没吭气，很客气地说了一句“那我走了”就走了，她显然以为我已经平反。这事儿以“黄”告终，但“张代表”和俞汉的热心仍使我感动。毕竟那年我已经三十八岁，还是单身，“张代表”和俞汉为我操心呢。

“乔代表”

我刚到生产队时，为安装矿石耳机听新闻（那时还没有半导耳机），爬上房顶架了一根天线。随后，夜里听见窗外有点动静，起来看又什么也没有，如此几天都是这样。几年后，我与队上的人都熟了，“乔代表”（五十多岁，队上的“贫农代表”）对我说，他看见我在房顶架天线，以为我是特务，在收发报，蹲我窗下听了几晚上，啥也没听见。“那会子都说你是敌人，防着呢。”啊，可爱的“乔代表”，你的责任心，至今我都敬佩！

“乔代表”是我到油坊梁后第一个领我干活（起猪粪）的人。他只顾自己干活，并不监督我干得怎样，时辰一到他就回家，没有再“监督”我干什么的意思。

老田

有一年我因肚子疼从很远的锄地处回到生产队，在“喂猪房”（家）炕上翻腾。平时转队的郎中老田刚好回到生产队，他来看我，一只大手猛不丁地在我小腿肚的一个穴位狠狠一捏，我大叫一声，感到肠子拉直了，疼痛减轻了。他操着河南口音（年轻时从河南来的宁夏），缓缓地说：“娃娃，这是羊毛疔，不治疼死你呢。”我在热炕上睡了一觉，第二天就可以下地。

还有一次，我感冒在家，没有出工。老田路过我房门口，进来看看。他眯着眼说：“娃娃，我教你一个土方子，麻黄石膏汤，咱们滩里麻黄，你去砍些来，再把那个岩碎石（当地一种含石膏成分的石头）敲一块回来，放在小火上熬，‘帮架了’

（差不多）了，把汤喝下去，出点汗，包你一身轻。”我照他说的做了，喝了麻黄石膏汤，在热炕上焐了一宿，第二天真的一身轻。

后来老田病亡在队上，我报名为他抬棺、埋葬、圆坟。一段时间后，我去给坟添了新土。

高 祺

高祺六十开外，穿老伴缝的一身黑衣裤，人称老高。他家在我住的“喂猪房”后面，离得近，常来我家，盘腿坐热炕上，讲他年轻时打长工当光棍的故事。有一次，说得高兴了，连说带唱地道出一段曲子：“光棍生得犟，不置铺盖光点炕，就是脚片烙不上，蹲在炕上唱小曲，看你烙上烙不上。”我俩哈哈大笑。

他的阅历造就智慧，曾对我悄悄说“防啥有啥”，后来被事实所证明。

张木匠

张木匠是油坊梁的木匠，长年给队上修理农具。他对我过去的事情从来不问，对我现时的要求（如安个锹把，把旧门窗收拾一下）默默答应。

1999 年夏，我回油坊梁时，先走到油坊梁一块地的地头，看见一位白胡子老人坐在地上拔猪草。张学义说，那是张木匠。我悄悄到他身边坐下，问他认识我不，他摇头。我说你想想，他还是摇头。我说我姓王，在队上待过。他盯住我一看，叫出“王庆同”三个字，我们立刻相拥在一起。

张木匠的女儿张凤秀在1974年7月队上社员大会为我评审评类时（“分子”表现属几类，一类可摘帽，五类送劳教），发言列举我较好的劳动表现，说：“园子散工以后，他来帮助妇女运青稞头，才去休息，通过一类。”（我保存着那个会议记录）这在当时也难得。

油坊梁娃娃

俞汉、张普、王培元都是半个世纪前我在油坊梁劳动时的种菜师傅，其中，我与俞汉相处时间最长。我与俞汉的师徒之谊使我有时想起他，也连带忆起他的小女儿俞秉贤。

那时居民点边上有块空地，两头立着自制的篮球板（框）。冬天的一个下午，队上一些小伙子在上面打篮球，我站在边上看。张学义说："老王，你来吹哨子。"我说："不会吹。"他说："你上过大学，会吹。"我就给吹了一场。这时，俞秉贤穿一件花棉袄，站在篮球场边上看打球。我们也没在意，她是个九岁或十岁的娃娃。那时，她在队上学校上小学。后来考上中学并从盐池一中高中毕业，回油坊梁所在的苏步井大队学校教书，被评为县优秀教师、优秀共青团员。五年后考入盐池师范，毕业后任盐池一小教师，获多种荣誉。到龄退休时，班上学生大哭，舍不得这位好老师走。随后她与夫君孙勇到银川带孙子。俞秉贤继承其父的爱好和技术，在居住地种菜，自种自吃，还给亲友、邻居送一些。儿女事业有成，过着幸福生活。近十年，在银川的油坊梁人每年聚会，她和夫君都来，还抢着买单。

俞秉贤的经历是油坊梁部分娃娃经历的缩影：通过上学走出油坊梁，有的考上政法专业，有的考上医学专业，有的考上会计专业。现在，有当检察官的、当医师的、当会计师的；有的在盐池，有的在银川，有的在北京。这些娃娃拥有与他们的父辈不同的命运。至于孙子辈的求学经历和活法就更为多样。

还有一些当年的娃娃，通过各种途径获得知识，或当了农村基层干部，或在农村办企业，或到吴忠、银川等地经商，或在各地当公务员……

我在油坊梁生活的头一两年，对沙丘、荒滩地形的识记能力不如一个土生土长的娃娃。到滩里打沙蒿柴、掏猫头刺（做饭、点炕用），过几天再去拉，找不到原来的窝窝，白打了。孙立义知道后，让他十来岁的女儿女羔（孙文清）跟我一起去打柴。下次拉柴，女羔能准确无误地把驴拉车引到原来的窝窝……女羔后来长大了，嫁到川区，有了娃娃。她带着丈夫于几年前来过我银川的家。回忆起她那时领我打柴的情景，我都不胜感慨。

女羔的命运代表着当年油坊梁另一部分娃娃的人生道路：因个人生活上的原因离开油坊梁，有了自己的生活天地，过着自己向往的生活。

当然，还有部分娃娃长大后留守油坊梁，但生活方式与父辈不一样了……

我在油坊梁劳动、生活时，还发生过一个稍大点的娃娃帮我的故事：生产队长俞秉金有个堂叔弟弟叫俞秉禄，走路一跳一跳的，人称“跳儿”。“跳儿”常和我起五更揭（耕）地、送粪。有一年，队上派他放羊（那时他大约十五岁）。春天草不好，有的羊熬不过去，乏死了。“跳儿”惦着我一个人没家没肉吃，粮也不够，某天他看到一只羊快乏死了，急急忙忙跑回队上给我送信说：“老王，有只羊快不行了，还有一口气，你快‘喀’背回来宰了吃，我‘将谋’（准备）给你背来，怕人说呢。”这一次，我因“跳儿”想得周到，吃了一只快乏死的羊——我找到“跳儿”说的那个土坎下，把那只快死的乏羊架在脖子上背回来，不管它肚皮上有羊屎没羊屎，一刀毙命，剥皮开肚，两斤“纸肉”（对着太阳能透光的似纸样干薄的羊肉），吃了一冬，腥气难嚼，谁还管它。20 世纪 90 年代，我看望昔日的农民朋友，见到“跳儿”，他也四十多岁了。我问他：“娶婆姨了没？”他羞涩地说：“娶了，有个女娃子。”我说：“你叫我背乏羊吃，我都记得。”他反问我：“那你娶婆姨了吗？”我说：“早娶了。”三十年过去了，我们还互相牵挂。当年“跳儿”怕人说，没敢把乏羊直接背来给我，但他还是勇敢地跑回来给我送信。娃娃此情，我当永记。

那个年代，快到过年的时候，各家开始烙馍馍。谁家馍馍快熟了，必有香气四溢，难免有一群流着鼻涕的碎娃娃（三四岁、五六岁）围到笸篮跟前，大人把一炉烙好的馍馍倒进笸篮，掰一牙馍馍给他们——在这些碎娃娃中，是否有后来的教师、检察官、医师、会计师、经商者、公务员、农村基层干部、农村企业家、离开油坊梁过自己想要的光阴的人以及留守油坊梁者……大概有吧！这不是什么秘密，很多人，包括我自己，都是从“流着鼻涕的碎娃娃”起步，走到感叹“人间不是偏我老”，哪有呱呱坠地第一声就是真理的。这么一想，觉得油坊梁娃娃的人生百态是时代发展总趋势的一个折射，顺理成章。

由此，我也不由得想起郭登明老爹对我说的一个久远的故事：当年一个娃娃跟爷爷放羊，冬天的某日晚上，随爷爷住在羊房（羊圈边上住放羊人的小房子），半夜出去拉屎，摸不回来，冻死在滩里。发现尸体时，娃娃双手拽着沙蒿，双脚后跟蹬出两个沙坑……

是啊，不同时代的娃娃有不同的故事，而我所说的油坊梁娃娃的故事，其时代背景是新中国改革开放，是幸福、幸运的。就他们个人来说，多样的人生轨迹是生命活力的展现，是飞跃是进步。

农村的地会有人种，政策对头产生的“种地红利”仍然具有吸引力；离开农村的人走着适合自己的路，无可非议。

油坊梁娃娃或油坊梁籍娃娃在一茬一茬成长起来，让我们举起双手欢迎他们。

油坊梁永远不会凝固！

油坊梁天地

油坊梁地处荒漠半荒漠地带，靠天吃饭，干活也看天色早晚。我从农民那里学会观天色。

惊蛰一过，天暖和，地化通，我和几个农民开始揭（耕）地——半夜起来看天，三星偏西，正是牵牛挂犁的时节，赶紧穿衣套鞋出门。边耕边耧边出苗，谷子、糜子、荞麦的小苗越长越要水，而水，金贵如油，老天不下雨。农历五月，老汉们在一起拉话，有的说“五月十三关老爷磨刀，非下不可”，有的说“五月十三丢一点，耀州城里买大碗”。如果五月十三老天没雨，有的就说“秋收不秋收，就看五月二十六”，都说五月二十六是雨性日子。如果五月二十六老天还不赏脸，还是没雨，就说“人忙天不忙，终究等一场”。油坊梁这样苦焦地方的农民盼老天发善心下雨。而我所经历的真实情况是九年八旱，“等一场”不易。

1970年立秋前的一天，阴阴的，天像有动作；前半夜凉风飕飕，开门看天，似有雨意，好喜乐。进门灯还未吹，窗纸就叫打得淅淅沥沥响起来，侧耳细听，天降雨了！天亮后雨继续下，开窗观天色的人多起来，墙头的湿印子往下渗，各家院子起水泡。糜、谷苗苗叫天“润”活，四五天时间蹿过一拃，疯长起来，应着了“立秋糜子四指高，出节拔穗揽人腰”的民间谚语。这一年因为天帮忙，我分到够一年吃的口粮，是九年中唯一不吃回销粮的年份。

夏天外出挖甘草，晚上我与孙立义挤在一个“房壳郎”的地铺上，睁眼就见蓝天。半夜下小雨，我们裹着被子叫雨淋到天亮。天亮以后又是大太阳，花不棱登的被子晒了一摊，真是“草原的天，娃娃的脸，一天十八变”。

油坊梁夜幕降临，我每每倚在房门口仰望天空，心底升起无名的惆怅。我能够挪出锅底黑“天幕”的包围吗？什么时候？生前还是身后？我的生命还能熬多久？无语的天空下，依然有一颗痴心、一份坚守：我相信天边有一盏明灯，它没有忘记我。

油坊梁的天，“放霎时阴，霎时雨，霎时晴……”（辛弃疾）我领教它的严酷，感恩它的雨露，承接它的多变，经受它的考验。在复杂的形势下，傻傻的我有个不变的信念：我把天的严酷、多变、考验，乃至雨露，以及生活的“不爽”、温暖，统统打包背起来，吞下去，应该算是我的坚忍与坚持吧。

油坊梁地多，广种薄收。旱地作物糜、谷、荞麦、山芋等，支撑油坊梁人过着“人老几辈子”的光阴。那方土地“驮”着那方人代代繁衍。

我刚到油坊梁时，门口地里还有甘草秧子，手勤的人随时挖一点，换来零花钱。队上则适时组织劳力挖甘草，增加生产队收入。此活累人，农民称之为“与土块绊跤”——从地里讨生活没有不累人的。有的年轻人挖甘草挖累了，躺在地上缓一缓，顺手撅个沙吊吊，摘个蒿瓜子嚼嚼。各人带的菜罐子都空了，就找沙葱就饭。

1971年跌大年馑，我按老年人的指点，打草籽“灯索”备荒。还有一些人打草籽“棉蓬”备荒。那一年，油坊梁沙滩草籽飘红。老年人说，庄稼不长，草籽疯长，这是土地爷救人来了。

我感冒在家，队上郎中老田教我用麻黄石膏汤治一治，果然见效，麻黄、石膏（岩碎石）都是油坊梁地里就有的东西，随手取一点也能治病。

黄鼠浑身棕黄色，肥肥胖胖，糟蹋地里的粮食，人称“大眼贼”。有一次，张玉清在菜园子崖堖地里挖了一个很深的“地道”下去，逮到一只“大眼贼”，拿到菜园子灶上蒸，那年我在种菜园子跟着吃了一点，肥得很。油坊梁地下的东西还能解犒（馋），过去没想到。

拔苦豆子，掏沙蒿、柠条、猫头刺、白刺等，一段时间为生产队带来收入，给社员做饭、点坑提供烧头。

老人说："没有穷滩，只有穷汉。"是的，油坊梁的地奉献了地上地下的许多东西，丰而不穷。又因人的过度索取——无节制地挖甘草，拔苦豆子，掏沙蒿、柠条、猫头刺、白刺等——导致生态恶性循环，数十年后，在恢复生态政策的引导下，这片土地才重焕荣光。从这个角度说，那时油坊梁地的奉献又是"带泪的奉献"。

油坊梁的天，油坊梁的地，深深地印在我的脑海里。我这粒异乡"草籽"，竟然在那样的天、那样的地构成的环境中"成活"——居然还"成活"了九年。与不能"成活"比起来，"成活"就是成功。油坊梁天地，我给你作个揖吧。

油坊梁动物

“黑牛牛”

1966年9月迁赶到盐池边外（古长城外）走向未知之地时，我曾经留下几行文字：

> 出得二道边，顿有出塞之感……翻过沙坝还是沙坝，抬头望去是沙的世界……未来未知，生命价值大概也就抵得上沙坝上爬来爬去的“黑牛牛”吧。（王庆同《边外九年》）

来到二道边外还往北二十多里、与内蒙古自治区只有一路之隔的塞外荒村油坊梁“劳动改造”，跋涉数十里沙路留下深刻印象的就是“黑牛牛”。

那东西与屎为伍，在牛粪马粪堆里活动，把粪蛋蛋滚来滚去，没鼻没眼没腰身，命贱不值一文钱。而那时，“被处境”的我就是不值一文钱，与“黑牛牛”有“情绪一体化”的基础。

“黑牛牛”就是屎壳郎，学名蜣螂。它的幼虫靠吃粪球长大。“黑牛牛”在药书里叫“黑牛儿”，具有治恶疮、赤白痢、脱肛、小儿疳疾与惊风等功效。这又是当时像我这样的科盲一无所知的，只是后来学习了，才明白“虫不可貌相”。

我在油坊梁劳动，“黑牛牛”可算是见得最多的动物——只要有大牲口粪堆，就有这位“仁兄”在里面翻腾。

出淤泥而不染如莲花，最好；出粪堆而有用如“黑牛儿”，不算白活；与粪球终日“玩耍”，如果还变得无用甚至有害，就是悲剧了。

“沙婆婆”

“沙婆婆”就是沙壁虎。成年人的中指那么长那么胖。头尖尖的，肚大大的，尾细细的，脊背有褐色花纹，肚子右下方有个红点。在草原上爬来爬去，动作麻利；偶然尖叫一两声，能量不大。这东西看起来吓人，实际不咬人，也没有毒。

我的几种回忆录都谈到了“沙婆婆”。

在油坊梁随社员到“外首”挖甘草，草原宽阔起来，草长得茂盛起来……天地间会动的东西，一是我们这支“挖草大军”，二是小爬虫“沙婆婆”——这小东西在地上窜来窜去，忽闪忽闪地摆动小尾巴，窥测方向，想找个阴凉地方。（王庆同《边外九年》）

望山跑死马的牧场，有的地方完全是明沙……地表只有一种类似壁虎的小动物“沙婆婆”在窜来窜去。我不敢惹那些样子可怕的小东西，而虎虎（单位农场的一只狗）却喜欢用前爪驱赶它们……我躺在地上小憩片刻，什么都不怕，就怕“沙婆婆”钻裤脚管、袖筒或脖子里。这时虎虎的作用显示出来了：它在我身边或卧或蹲，看见“沙婆婆”就赶（实际是在逗着玩）。（王庆同《毕竟东流去》）

这是回忆去油坊梁劳动以前我在贺兰山下单位农场放羊的一小节文字，就是说，见到塞外草原“沙婆婆”以前，已经在贺兰山草原遇到过它，它是我的“老朋友”了。

季夏孟秋之际，我在油坊梁草原挖甘草，挖累了，坐在草原上休息或四仰八叉躺下养神，通过用心观察，知道“沙婆婆”如果纷纷钻地洞（各种小洞，草原上有很多），就是天快变了。我得把甘草捆好背上，紧着往回走——十之八九没错，老天不是起尘就是下雨。我请教一些老人，都说“对着呢，那东西灵得很”。

草原还有一种叫“蛇虫子”的小动物，样子类似“沙婆婆”，实际不是，而是沙蜥蜴——身子比“沙婆婆”细尖，花纹颜色比“沙婆婆”深，样子可怕，据说有毒。我见它躲着走，不敢惹。

沙 鸡

油坊梁的沙鸡，大小如鸽子，身子灰褐色，一群一群在草原上走，到处找植物种子、嫩芽吃。翅膀和尾巴的羽毛细长，据说值钱。见得多了，也没太去注意它们。

引起我注意的是一年冬天下雪，大地雪白，全覆盖。队上的碎娃娃在门口自留地边上扫出桌面大的一块土地，撒上一把糜子，罩一个筛子，用一根筷子把筛子一边顶起来，筷子下端拴根细麻绳，人坐在远处，拉着细麻绳的另一端，等沙鸡来吃糜子。没见谁扣着沙鸡，可能是“阴谋”被沙鸡识破了，但当地确实有“扣沙鸡”的说法，还听到一些老人（如老高）绘声绘色说过去“扣沙鸡”的故事。

我直接接触沙鸡是下雪天捡拾冻死的沙鸡充饥。这是为什么？为了填饱肚子。油坊梁广种薄收，靠天吃饭，连着趺年馑，才出此下策。

我的仵房“喂猪房”前面有一块很大的“夜潮地”，是队上分给各家各户的自留地。自留地头留着几步宽、百十步长的草地，在我到油坊梁的头两三年春夏季节，那条草地热闹得很，经常有各种鸟来落脚，现在记得的有三种：沙鸡、“呱呱鸡”

和“老不呆呆”。后两种大小、形状、颜色跟沙鸡差不多。开春的时候，沙鸡走来走去找吃的；“呱呱鸡”欢快地叫将起来；“老不呆呆”缩着身子蹲在地里，眼睛似乎闭着，没等你走到跟前，又突然飞起。我在《边外九年》中写道：

> 又过些日子，漫山遍野的“呱呱鸡”呱呱呱地叫开了，“老不呆呆”鸟似醒似睡地蹲在地里，等你悄悄走到跟前，它又突然飞起，愣是叫你“见着逮不着”“闻着吃不着”。每年这个时候，该我耩地了。

呱，可以念 guā，也可以念 gū。我清楚地记得当地念 guā。如是，它的学名是山鹑。至于“老不呆呆”，网上查不到，不知学名是什么。

可以肯定的是，油坊梁的植被与附近其他地方的植被一样，因长期无人管理而遭到严重破坏，甘草秧子、沙蒿、柠条、猫头刺、白刺、苦豆子、芨芨草等基本被“推”光（苦豆子拔光，甘草挖光卖钱，沙蒿等掏光做饭、点炕），在裸露大面积明沙的荒漠里，沙鸡、“呱呱鸡”“老不呆呆”随之消失。20 世纪 90 年代我几次回油坊梁，在村路两旁、房前屋后想找根甘草秧子叫同去的学生认认，还找不到，更见不到那些可爱的鸟儿。2018 年夏，回油坊梁，看到植被恢复得不错，“故地林草分外绿”，林草地里枯死的林草，农民做饭烧都烧不完，村子周边和房前屋后的林草地可以见到那些跳动的生灵。前几天，特地发微信询问还在油坊梁生活的当年的劳动伙伴张学义“那些鸟儿多不多”，他微信回复说“有的是”“多得是”。

油坊梁草原植被毁而重生，沙鸡等鸟儿失而复得。我想，就这个特定事看，我们的认识和实践在螺旋上升的轨道上作了一次否定之否定，实属来之不易。

我们是否要在更大范围、更高层次上反思人类应怎样更理性地对待自然界（植物生命、动物生命）？对待自然界，人类丧心病狂地加以伤害，总有一天要得到它千百倍“丧心病狂”的“回报”。这，已经多次为实践所证明，毋庸置疑。

同在一片天空下，同在一条渡船上。人类缓解自己的生存压力，携手做些理性对待自然界的事情，该是刻不容缓了。

鼠

在油坊梁，首先碰到的鼠是黑鼠。我最初住在远离居民点沙坝下面一间独立的烂房子，墙根有鼠踪，还有几个通墙外的鼠洞，看鼠洞即知进出的家伙不小。果然，一天半夜，听见吱吱的叫声，打开手电一看，一只不小的黑鼠在墙根蹲着。我点上油灯它也不走，还抬起头来看我，与我“面对面”。我喊了几声，它才钻到洞里去了。我在不同的回忆文章里谈到这个事情，引用过宋词的句子“梦破鼠窥灯，霜送晓寒侵被”（秦观《如梦令·遥夜沉沉如水》）、“绕床饥鼠，蝙蝠翻灯舞”（辛弃疾《清平乐·独宿博山王氏庵》）。“臭老九”还想象征性地甚至夸张地叙一叙苦难中的一点诗意。秦观、辛弃疾在他们人生大苦大难中写那样的词句，我不感到是什么“残忍”，而是感到他们意志如铁、情怀如水。基于这样的认识、感受，我睡在那样的烂房子里见鼠而引用古诗词，也算是未被苦难压倒而自强自嘲吧。

后来种菜园子又与鼠相遇。不过，不是黑鼠而是黄鼠。好友张玉清说，那东西糟蹋地里的庄稼，挖了吃它对着呢。他又说，你看地里的洞口，圆圆的、光光的，它就在里头；你使劲挖，它使劲逃，你挖得比它逃得快，就逮住了；有时你用水灌，它能刨一道墙把水挡住，墙那边还有它用小鼻子捣的印子，你找到这种墙，准能逮住它。我照张玉清说的挖过一次，什么也没有逮着，可能是黄鼠刨洞逃了。有一年夏天，他在菜园子崖塄的庄稼地里挖到一个，拿到菜园子蒸了吃。我看着面障上蒸熟的白胖胖的肉疙瘩（肠肚掏尽），不敢动筷，种菜师傅俞汉说“快吃，补人呢”，我用筷头夹了一点，越吃越好吃，吃得满嘴油汪汪——自从到油坊梁，极少满嘴油汪汪。

在百度上查了一下，知道黄鼠是松鼠科黄鼠属的动物；足短而善走，眼大而圆，故名“大眼贼”；挖掘能力强，遇敌害时，能“打墙”逃避；味极肥美，将它慢火煎焦可入药治病。

吃了一次“大眼贼”，余味难忘，还长了一些知识。

狗

我在油坊梁养过两只狗：先是母狗黑子，后又增加牙狗大黄。目的是看家护院，解我心慌。

黑子总想跟着我走，不愿蹲家门口。一年夏天，我赶驴拉车到公社给队上办事，黑子就想跟着我，把它打了回去。不料走出两三里，黑子突然从路边荞麦地钻出来。它以茂密的荞麦为掩护一路悄悄地跟着。我没有办法，只好一路操心让它跟着。它屁颠屁颠跟着走五十多里路，下午又跟着走回来。我把它抱车上，它还一蹦子跳下去，就是要自己走。还有一次，我到公社卫生院看病，黑子也是用这种“潜行”的办法强行跟我到公社。狗的智慧、耐力和想法真是独特啊！

黑子生娃，一窝九崽。数九寒天，我在门口柴垛掏了一个带弯的狗窝——专门给粪叉安了一个短把，用来掏这个口子朝南的带弯狗窝——它们卧在里面，寒风就不能直接吹到身上，会感到暖和一些。我在回忆录《毕竟东流去》里有一节文字，小标题叫《带弯度的狗洞》，就写这个事，还自嘲是我的“创造发明”。

黑子跟我两年多，产下十几只狗崽。这些东西生下时小老鼠那么大，双眼紧闭，一般是过七天就自主睁开。那样子倒也可爱，我冬天送粪卸套后，在家里休息，最轻松的娱乐就是看看这些小东西，抱起来玩玩。黑子只是过来监视我（看着我），从不对我吼叫。以它的智商，知道我没有恶意。

大黄是只牙狗，个头大。我没有足够的泔水和糠喂它，它能自主解决“生存”问题。东到“山台”乃至菜园子崖垴，西到沙滩，北到双井子即分队后的北队，南到苏步井生产队下面那个大草滩，方圆十里多，都是大黄觅食的地方。混饱肚子，太阳落山前一定回来，卧在房子门口，一心守家，似乎更明白我养它的“战略意图”。

抓养黑子与大黄，大约是1968年到1970年，正是我申诉写得最多的几年。有的时候，我把其中的一个放到屋子里，卧在炕洞口，我则趴在炕上自制的炕桌（倒扣过来的一个小肥皂箱）上，一笔一画地写申诉。写累了，拉开被子要睡了，就把狗狗放出去，让它们睡在自己的窝里。我们各睡各的“床”，各做各的梦。它们可能梦见一块带肉的骨头，而我梦得最多的是回信来了，信封上盖着碗大的邮戳，信封里装着几麻袋“罪状”，我又要“升级”了！我的噩梦一个接一个。

并不全是噩梦，也有温馨的。晚秋或冬天上午，揭地或送粪卸套后，坐在墙根晒太阳，黑子、大黄分卧两边，我一手摸“黑”，一手抚“黄”。太阳的温暖使它们懒洋洋，我也昏昏然。我竟然抛开烦恼，进入无我境界。也只有这个时候，我感到生活并非每时每刻要我难堪，让我难受。宋词曰：“枝上柳绵吹又少，天涯何处无芳草。”（苏轼《蝶恋花·春景》）我心想，此时的太阳和黑子、大黄，不就是我在“天涯”寻到的“芳草”吗。这么一想，居然给自己加了“油”。

黑子、大黄都未能善终。因为“运动”的需要，对我这样有“帽子”的人限制养狗，没有办法，只得请人把它们送上“天堂”。

黑子、大黄宥我。须知我们的世界与它们的世界不一样，它们在天堂好好睡一觉就明白了。

猪

油坊梁的家猪是打野的。滩里娃娃拉的屎、烂菜根、菜叶子等，都是它们的“美餐”。太阳快落的时候，各家各户开始喂猪，响起啰啰啰的唤猪声，那些猪猡准确无误地跑向各自家门口的猪食盆（从不跑错），可以“大快朵颐”，就回家了。我的两只狗狗，特别是大黄，常跟着去“打秋风”：在这家或那家猪食盆里叼一嘴糠或一块山芋，掉头就跑，跑不迭头上挨一勺子。

如果是冬天，特别是春节跟前，各家开始“紧充”，就不让猪猡到处跑，而是把猪圈在圈里，一日三餐喂细糠，还加些玉米面、高粱面等。猪是吃了就睡，睡醒再吃。身子胖了，脊背平了，尻子圆了，就该挨刀了。这个时候，不单是我的狗狗有吃的，我也有吃的了。何解？原来有的人家，如孙立义、郭登明、张玉清、郭生金、俞秉金等，会叫我去帮忙宰猪。其实我也帮不了什么，他们是借这个机会叫我吃一顿肉饭。按当地的习俗，主家一定要让宰猪的人好好吃一顿猪肉烩酸菜粉条和黄米或稻米干饭。我本来没见过宰猪，那几年“见习”多了，知道了当地宰猪的程序：

卸门板，用砖头支起来，挖一个深坑，把一个大缸埋进深坑（我参与）；

几个人把猪捺倒在门板上（我参与），一人把刀戳进猪脖子；

绑起死猪的两个后腿，穿根杠子，把死猪头朝下抬起来，放进埋在地里的大缸（缸里倒了滚水），拔猪毛、刮猪身上的垢痂（我拿手）；

把死猪放门板上，用宰猪刀、镰刀剃细毛（有我）；

把死猪挂在早支好的架子上，开肚扒内脏，卸大块（我递刀子，用脸盆接内脏）。

主家立马割下一条正肋子（靠近猪胸脯地方的一条猪肉），拿到伙房。不一会儿，主妇的猪肉干饭做好了，大家进屋盘腿上炕吃将起来（我常让坐上座），边吃边夸肉香肉嫩，吃得心满意足。

如此这般，我在年跟前能吃上几顿肉饭。

我在油坊梁还养过一头别人不要的母猪，请人帮着宰了，我吃了。那也是因为跌年馑，想混饱肚子。

油坊梁吃肥猪，吃母猪，都与肚子的饥饱有关。我这里留下几百字，无非是想告诫自己和亲属不要“饱了肚子忘了饥”。

骡

油坊梁有几头大骡子，是队上唯一远程大型运输工具大胶车的动力。赶大胶车的中年人叫张万珍，赶起车来呱呱叫，比电影演员赶大车精彩多了。

有一年，队上派我跟车到灵武农场拉玉米种子、稻草。去的时候是空车，五更出发，一天放到。当天晚上住农场车马店。我们把草铡够都早早睡下。张万珍给我安顿：“明天是重车，今晚要好好喂骡子。”所谓“好好喂”，就是要半夜起来添草，天亮前喂料。他白天要赶车，夜里添草喂料的任务交给我。我没敢懈怠，躺在炕上没睡熟，生怕错过时辰误了大事。三头大骡子，平时我没接触，但它们眼力不错，看见我肩上背着草，或手里端着料，就兴奋起来，摇头、拌嘴、踏步等我喂。第二天，车厢装了两桩玉米种子，上面又装了高高的一车稻草，三头大骡子拉着重车悠悠地走在公路上。当晚在宝塔住一夜。第三天走到油坊梁附近的沙路，麻烦来了：重车陷进沙坑，动弹不了。只见张万珍调整好大车的方向，在沙路前方铺些干沙蒿柴，开始吆喝牲口。掌辕的黑骡子挺起胸脯，扭动屁股，四只蹄子恨不得踏出四个坑。把边的两头骡子把拉绳绷得紧紧的，一步不松地往前蹿。这些牲口的情绪被调动起来以后，张万珍吁吁两声，三头骡子像触了电一样，六只耳朵奓了起来，他乘势扬起鞭子，啪啪啪三声打在它们的耳朵尖上。骡子们鼓出眼珠子，贡献出最后一点力气，把重车拉了出来。人和牲口都精疲力竭，好在不久就看见村头的树梢子，到家了。这次经历，让我明白骡子不但力大，而且专情、忠诚，是真正的铁“汉子”、精豆子。走出陷车地带，骡子与车把式的完美配合，是极具魅力的劳动美画面。

张万珍新盖了三间新房子。他经常赶车在外，小女儿住三间新房子害怕，后来又说“硬”得很，搬到别处去住，宁愿让我去住一些时候。我搬进去后的某一天半夜，果然有异动：纸窗外面有个东西在动，好像是一只手在抚摸窗纸。如此几夜，我发现纸窗下面总有一堆新的牲口粪。有一天，那只“手”又来，我突然开门出去，但见一头大骡子倏然逃向队上的牲口圈。我终于弄清楚是大骡子恋车把式张万珍，半夜跳圈找“老东家”来了，它的嘴唇轻轻地触碰窗纸，就像一只手在抚摸。我对喂牲口的王锡国说，把牲口圈墙加高一点，别叫骡子半夜跳出来。他把圈墙的那个豁口用墼子砌了，那只“手”再也没有来抚摸窗纸，“硬”得很的传言不攻自破。

骡马情真，自古已然。我与油坊梁的骡子交往不多，但也足以证明“牲灵牲灵，比人还灵”，不可欺，不可虐。它们铜铃般的眼睛看穿愚人、蠢人、狂人的虚伪、奸诈、暴戾的内心，

“万物之灵”的人类拿出理性才配与它们交朋友。

羊

油坊梁紧挨内蒙古，是个半农半牧区。队上有几百只羊，但我没放过羊，进羊圈的机会只有两个：一是给羊灌药当帮手，二是挤羊奶。

春季或秋季，队上给羊灌药（驱虫、防病）。稠稠的药液是大队兽医配好的，我和另外几个社员的任务是把圈里的羊一只一只捉住，拉到兽医跟前叫灌。他动作麻利，我们就要不停地捉、快快地拉。有的羊力气很大，把我折腾得够呛，手上、鞋上沾羊屎也顾不上擦。总的来说，这是个力气活。

挤羊奶则是个技术活。每年春末夏初，生产队把隔奶母山羊的奶分配给社员，让社员赶早到圈里挤奶饮用：每家派一个代表到羊圈，队长嘴里喊某某家的名字，接着喊“干头”“黑眼窝”“揪耳朵”“白蹄子”“花不棱登”等羊的名字。大家都知道他喊的是哪只（些）羊，意即这只（些）羊的奶就归这家人挤。队长喊我名字以后说的那只羊，我盯不住，有人就把那只羊拉来叫我看，我赶紧在它角上拴个红布条，又怕它打头把红布条打掉，还在它身上抹点蓝墨水。有了这些“识别标志”，就不会弄错了。刚开始挤奶时，我的拇指和食指像一把钳子，一紧一松地挤，羊疼得乱跳，甚至一腿把我的奶子缸蹬翻。后来我看别人的手是轻轻地搭在羊“羔羔”上，一上一下地捋，羊乖乖站着倒沫，不动，奶子也挤得光光的。我学会了挤羊奶，也吃上了香得不能再香的奶子泡干饭——少放一点盐，奇香无比。

1974年春，我到油坊梁已经八个年头，在菜园子师傅俞汉的启发下，养过一只自留羊。我是请队上老高帮忙从“外首”蒙古族人手中买来一只母山羊做自留羊的。这一次，我近距离感受了蒙古族汉子的性格。

老高赶着他的驴拉车，载着我在内蒙古草原走了大半天，来到一个蒙古族人的家，蒙古族人的婆姨端出一盆半熟的羊头、羊蹄、羊骨头，放在火炉上叫我们吃。那位蒙古族朋友说一声“吃”，老高和我用手抓起来就啃，啃了一半啃不动了，照放回盆里，再抓一个啃。老高事先对我安顿：“不要客气，叫吃就吃；吃不净照放盆里，千万不可扔掉。”我以很便宜的价格买了他的一只母山羊。离别时那位蒙古族人说：“下次再来吃肉。”这位蒙古族人从头到尾没有问我原来是干啥的，只认我是他的朋友老高带去的。因为羊，我见识了蒙古族人的礼节、重情谊和粗中带细的精明与豪爽。老高已过世，那位蒙古族人的姓名我也忘记了，但不妨碍我把这个“羊缘”故事写出来，留个纪念。

我在住房边上用墼子垒了一个小羊圈，用柳条编了一个羊圈门，把自留羊圈了进去。早晨太阳一人高时，把圈门打开，它自个儿朝队上的羊圈方向走去（开头几天我要送一送），“和”到队上羊群里去草原吃草、饮水（我给放羊的拨工分，队上同意的）。太阳落山时，羊群回来，它自个儿脱离羊群回家来吃切成方块的胡萝卜拌衣子。胡萝卜是我自留地种的，衣子是我打自留地糜子留下的。羊凭它的智慧知道羊群是它的依靠，饲之以食的地方是它的归宿，它依然是不可欺、不可虐的“牲灵”。第二年开春，母山羊下了一只春羔，我有了两只自留羊。好在生产队、大队乃至公社，不干涉谁的自留地自留羊自留畜多少的事。他们知道，社员没有这些东西，会问他们要人吃的呢。

当年（1975 年）5 月，突然传来我恢复公职的消息。我离开了油坊梁，羊的故事终结。

“羊的故事”与此前的“沙鸡的故事”“鼠的故事”“狗的故事”“猪的故事”“骡的故事”一样，都与吃、住有关，但“羊的故事”终究连着我走出“劳动改造”的大故事而显得不一般。我知道，此去将是我与个人的一个“历史时段”的告别，我的新“历史任务”的考验等着我，我无暇再与两只自留“咩咩”缠绵，果断地把它们留给了生产队。

“羊有跪乳之恩，鸦有反哺之义”，人当然更应懂得感恩。的确，我不应也不会忘了油坊梁。不算以前写的文字，就说近一两个月吧，我抓紧时间，较系统、集中地撰写并修订几个油坊梁的故事（《油坊梁系列》）。我以这样的方式写我在油坊梁的所历所思，折射油坊梁天的雨露、油坊梁地的丰厚、油坊梁人的淳朴，感念油坊梁当年对我的关照和帮助。我想通过这些文字告诉世人：尽管你遭遇了不公、冤屈，也不要对天、地、人的正气丧失信心。中华民族依靠正气历尽磨难而屹立不倒，在不同的考验面前，扬正祛邪、坚守底线，革故鼎新、与时俱进，奋勇向前、无愧祖先。我的这些文字，既不华丽又不奔放，像是一杯白开水，味不浓烈，但心是诚的。至少也说明我对天、地、人甚至动物都没有丧失信心，我仍然以正常人的心态迎接新的考验。

祝油坊梁好运!

祝祖国繁荣昌盛!

油坊梁植物

糜子谷子荞麦土豆

这四种植物是油坊梁的当家庄稼、干旱地带生长的主粮。因为干旱，它们都有一种求生本能——天旱的时候让根须发达一些，让根扎得深一些。当地农谚“旱到的庄稼，揉到的面”，说的是揉到的面做什么都好吃；在适度的范围内，旱到的庄稼被刺激得把根变壮扎深，一旦有雨水就会长得更旺盛。“有钱难买五月旱，六月连阴吃饱饭”（五月、六月均指农历）、“荞麦旱成卷卷，狗吃荞麦片片”，就是对自然辩证法的朴素概括。辩证法讲全面、发展、否定之否定。所谓全面，就是什么事情不能做过头，过头就是片面。譬如，“有钱难买五月旱”是对的，但如果旱过头，变成秋旱就坏了，正如当地农谚所说的“春旱不算旱，秋旱连根烂”，是说如果六月也不下雨，旱到立秋成了秋旱，根须再发达扎得再深也会“连根烂”。20 世纪六七十年代，我在油坊梁见得最多的植物就是这些旱地庄稼，印象深刻的植物学知识就是它们生长中的辩证法。

油坊梁九年，八年要吃回销粮。但 1970 年没吃回销粮，因为这一年“五月旱到家”，六月雨水淋淋，我的一亩土豆（自留地）的茎有擀面杖那么粗，地面上的叶子稠得人走不进地里。这一年，集体地的庄稼也长得好，我从生产队分到够吃一年的口粮。知道来年未必还如此，没敢浪费一粒粮食，我的狗狗也未能吃上“荞麦片片”。

麻子胡麻芸芥

油坊梁的主导油料作物是麻子。在沙地上撒上一些麻籽，有点雨水就出苗。因为是撒播，播的时候不麻烦，中期间苗就较麻烦。那东西秆子又高又粗，秋收叫砍麻子（用镰刀砍），也是较麻烦的。早期不麻烦，中期、晚期就麻烦，这也是自然界的“一顶一换”。后来上头叫种些胡麻、芸芥，早期播种、中期锄地投工多，广种薄收惯了的还是愿多种麻子。到 1975 年我离开油坊梁，当地主导油料作物还是麻子。

油坊梁一带的人吃麻子很利索。抓一把麻子，用一只手把麻子一粒一粒撂进嘴里，再把麻子壳慢慢吐出来，沾在嘴唇上。有的人的上下嘴唇沾满了麻子壳，还往嘴里撂麻子，吃麻仁，吐麻壳。对麻子情有独钟呢。

后来听说因为某种原因麻子基本不种了。

旱 烟

生产队不种旱烟，只有抽烟的人在自留地边上种旱烟。旱烟籽很细，细到用手抓不起来，只能用手把它们扫到器皿收起来。一般都在小块水地育苗，待苗有半个筷头那么高，天阴了或下雨了，才把它们带土移植到旱地。只要不连着几天狂晒，给上一点水（雨水或浇水）就能成活。一旦成活不再管。秋天长到半人高，连秆带叶子拔回来（不用镰刀砍）。我那时烟瘾大，靠种旱烟自给自足，还与一些"烟友"有所交换，有时我占点便宜，能多得一些。

芨芨草沙柳

芨芨草，有的长得有一人高，"根深蒂固"，用手拔不动，得把此草的头缠在一根长棍子上，用棍子一撬才能拔出来。生产队组织社员拔芨芨草主要用来扎自用的扫帚。

油坊梁西边有一片沙柳，基本是自生自长。我去砍过一些回来，自己编自留羊圈的门、蒸东西的蒸屉子。俞汉还教我编过一个盛杂物的筐子，都是个人谋生的需要。

芨芨草、沙柳，资源不多，大家没去多光顾，未遭灭顶之灾。

怎么没说树呢，那时村子中间只有一棵老榆树，也不知道是啥时候栽的，勉强还活着。村头有一棵柳树，进出村子可以看见。在我的记忆里，没有谁在村子里组织过植树，只记得种菜园子时，俞汉、张普带我在渠边栽过一些沙柳。20 世纪 90 年代，我回到菜园子，看见沙柳活着，长得不错，甚感欣慰。

沙葱沙吊吊蒿瓜子

沙葱是草原上长的一种绿色植物，一拃长，较细的圆珠笔芯那么粗，手摸上去有光滑感。我们在野外干活（譬如挖甘草），有时从地上撅一把沙葱，用手捋一捋，放嘴里吃，带点酸甜味。与沙葱混在一起长、样子像沙葱但比沙葱颜色深一些，摸上去感觉粗糙些的，那是另外一种植物（可能是“涩鼠子”），不能吃。刚开始我分不清，也把它们放嘴里，味涩带苦，赶快吐出来。后来分清了，只撅沙葱不撅那劳什子。

沙吊吊，只在地面上露一点绿色的草头，你用手挖下去，地表下有一截粉笔那么粗的根（小拇指那么长），把沙土擦净吃，有点甜味，据说是药材。滩里干活休息时可以顺手挖沙吊吊吃。草原上还有一些可吃的东西，如蒿瓜子，长在一种植物的茎上，粉笔头那么大，摘下来可吃，吃多了打舌头（发麻的感觉），但也没有听说过吃蒿瓜子中毒的事。

这些东西不能当饭吃，吃多少也不饱。滩里劳动甚至走路时可以当零食吃，也能解心慌。

羊在草原上吃与在圈槽里吃，长出的肉质不一样，是否也暗含着一个道理——圈槽里的东西可以满足羊成长的基本需要，但没草原上可吃的东西那么丰而杂，具有“天然的配方”的优势。万能的人不可能以创造物全面代替自然，自然仍以它的“特有”彰显其可敬可畏——我想，在条件具备时，轮牧应该也是一种可以考虑的选择。

甘草苦豆子

草原上有的植物是较值钱的，如甘草。那时油坊梁周围甘草秧子厚，挖起来方便——地表上是深绿色、紫黄色的茎和叶子，地表下是甘草，一种药材。用专用的甘草锹挖下去，把甘草切断拿上来——生产队在库房门口摆开铡草摊子。会计收社员送来的甘草，随手记工分，奖励几角现金，然后就让铡草的女社员、老年人铡好、捆好。攒多了套上驴拉车拉到大队供销社卖，生产队立马增加了收入。所以，社员个人、生产队都有积极性，几年时间，庄子周围的甘草被挖光，就到“外首”挖。到1975年我离开油坊梁时，已很难以挖甘草作为生产队的副业了。

苦豆子是沙滩地表上带绿色叶子的植物，高一两尺，根不深，较容易拔起来。生产队组织社员到苦豆子长得旺的草原拔，攒起来卖给川区生产队，据说可做水田的肥料。因为值钱，社员个人也有拔了卖的。几年时间，房前屋后近处苦豆子拔光。

草原较值钱的植物，被无序利用换钱，后来便无物可换了。

沙蒿猫头刺柠条

用镢头掏沙蒿可以用来做饭、点炕。1966年我到油坊梁时，草原上的沙蒿长得密密麻麻，干活路边拔几颗干沙蒿回家就可以做一顿饭。后来，掏沙蒿的人越来越多，据说还有掏沙蒿卖钱的。草原上的沙蒿来不及长，步入恶性循环，沙蒿越来越少。人们把目光转向猫头刺。这东西没有沙蒿高，也不多，就是在某些坡道上一堆一堆长着，矮矮的。一镢头下去，只能掏上一两根，但火力比沙蒿旺，做饭、点炕都管用。猫头刺资源枯竭后，人们改掏柠条。柠条有一人高的、半人高的，叶子小，秆秆子硬，集中长在几个地方，不是到处都有，火力比猫头刺还强，人们很快把附近的柠条掏光。

有的人家被迫拉煤，用煤做饭、烧炕。

在宁夏对草原禁牧封育和迁出人口到川区吊庄政策的大背景下，油坊梁人口压力缓解，植被恢复，甘草、苦豆子、沙蒿、猫头刺、柠条等失而复得，滩里枯沙蒿、枯树枝供人们做饭、烧炕用不完。油坊梁人的生产、生活方式发生变化……

综观油坊梁植物变迁的历史，最值得后人深思的是人与自然应如何和谐相处。贪婪地向草原索钱财、要能量，遭到草原的报复……这个教训子孙后代要牢记。

18 世纪德国作家、思想家歌德用文学语言说："自然从来不开玩笑，她总是严肃的、认真的，她总是正确的；而缺点和错误总是属于人的。"（爱克曼辑录，朱光潜译《歌德谈话录》）

油坊梁人曾经不自觉地与自然开了一个玩笑，草原近乎推了"光头"，沙堆爬上房顶，进了院子；一夜大风，沙子堵得门都推不开；草原动物销声匿迹……后来在党和政府恢复自然植被、保护自然环境、引导农民脱贫致富政策的推动下，属于人的缺点和错误得以改正，油坊梁的植物，乃至动物重返自然，人与自然"转身和解"……

这是自然的胜利，归根结底是人的胜利，是油坊梁人的胜利！穷本溯源是更大范围人的胜利！

油坊梁民俗

这是一条西北向的沙路。肩负押解“牛鬼蛇神”重任的那位年轻社员，赶着驴拉车在前头走。筋疲力尽的我，远远地跟着他，已经走了两个多小时。我感到奇怪，他不近距离来训我赶我，不怕我跑了吗？我没机会问他，也不敢问他。终于来到一段几乎被沙子埋了的土长城前，席“沙”而坐，休息片刻。一头毛驴驮着一对木桶一步一晃地过来，后面跟着一个手提吊桶的年轻女人。我问她：

“请问这是什么地方？”

“嗨，这‘达’啥地方都不晓得，这‘达’是头道边。”

她是20世纪60年代中期，我从银川原工作单位迁赶到边外（盐池古长城外）进入沙漠后碰到的第一个人。她对我不知道这是什么地方感到吃惊，意思是头道边都不知道，真是孤陋寡闻！

进得头道边是平川，穿过平川，又是一道快叫沙子埋住的土长城。断断续续冒出沙地的土堆，标志着下面“巨龙”（土长城）的走向。从土长城的豁口，可以看出一层层的土层，那是用夯一板一板夯起来的标记。后来，我知道这是二道边。出得二道边，顿有出塞之感。翻过沙坝还是沙坝，是一个沙的世界。我被带到沙漠深处一个叫高沙窝公社苏步井大队双井子生产队的小庄子（后来分队叫油坊梁生产队）落户。

后来与那位社员熟了，他说：“我胆小，人说你是阶级敌人，怕你藏着刀子，不敢走到你跟前。”

那位对我不知道头道边感到吃惊的女社员，就住在头道边坡坡上面。我后来赶驴拉小胶车到公社粮库打种子，到她家要水饮驴，她很爽快，端了一盆来之不易的甜水让驴饮。

要说民俗，这就是那一带的民俗：善良胆小、爽快封闭。

到油坊梁次日，一位姓乔的“贫农代表”在社员们纷纷出早工的时候，带我到一个猪圈起粪。猪粪沤的时间很长了，很臭很脏。我不敢对猪粪的自然属性臭、脏有任何反应。我知道，如果稍稍有点“那个”，就是批斗的好材料。我强忍着。难为了那位“贫农代表”，他一锹一锹出粪，锹锹是满锹，为的是给我树个榜样。他本来可以站在一边指挥甚至训斥而自己不动锹的。他好像没有学会这么做。这位“贫农代表”后来也与我熟了，听说他对别人说我“迟早是个走”，“打墙板，上下翻”。

那天我与“乔代表”在猪圈相遇。我走了一天沙路，在政治队长家的伙房灶台边睡了几个小时地铺，天一亮就被领到猪圈出粪。“监督劳动”的发条在众人面前还是上得挺紧的。到了猪圈一对一单独相处时，没有训斥、刁难，“乔代表”只顾自己干活，不管我出力不出力。时辰一到，他掮锹回家，不管我——我没有地方去，又自个儿回到政治队长家。

油坊梁九年“监督劳动”发条的紧与松基本上就是这个模式：人前紧一点，人后松一些。这个模式是山里人的生活阅历形成的他们应对时代要求，与我这样有身份人（“分子”）相处的智慧。我一时难以说得很清楚，只能说那里民俗的主导面是厚道而不是刻薄。

往地里送粪，送粪的人坐在往回走的空车（驴拉小胶车）上，优哉游哉，不由得嘴里哼哇起来。唱得最多的是《寡妇断根》，大意是长工徐天宝的婆姨“身懒动”，地主张资去勾引，并派人打死天宝，天宝娘只有天宝一个儿子，“从此徐家没了人，喜得张资好高兴”。翻来覆去一个调门（《打宁夏调》），但能让人放开嗓子吼，排遣单调情绪和苦闷。我跟着学，也能吼几句。

送粪是个唱，锄地则是合唱。如果庄稼苗苗壮一点，大家心情好一些，前头锄地的婆姨就唱将起来（唱的什么记不清了，只记得多是政治队长荀智的大个子婆姨领头唱）。这时，男社员跟着起哄，齐唱《五哥放羊》，从“正月里来正月红，弯弯的眉毛两张弓”，唱到“腊月里来一年满，干妹子干哥好喜欢”。

冬天送粪累得内衣裤叫汗水湿透（把冻粪堆刨开，一块一块抱上车累人，再加几个年轻人飚着干，更累）；夏天锄地劳动强度也大（赶进度），稍不留神就叫甩到后面。但跟在别人后面哼唱《寡妇断根》《五哥放羊》，也能调剂一下紧张的神经。那个地方留下边干活边哼唱民歌的习俗，也许就是这个缘由。在当时的形势下，他们边干活边哼唱的还是《寡妇断根》《五哥放羊》，说明民俗文化的延续性强，在农民心里扎了根。

生产队副队长孙立义三天两头转到我“家”，与我说说话。他对别人说：“王庆同面善，没有啥事。”他以自己的善心看人面善。生产队长俞秉金也曾说“人是啥人脸上带着呢”。

孙立义的婆姨路凤兰不到四十，是油坊梁唯一不是老年妇女就裹了脚的。过年过节，孙立义叫我去他家吃肉饭。她脚小气量大，从无不悦的脸色。我常借郭生金家毛驴碾米，糠也就给了他家。他家过年宰猪，必叫我去吃肉饭，而且一定让我坐上座。帮着宰猪的几个人边吃边谝肉嫩、膘厚，吃得满嘴是油。刚把肉菜吃了个小坑，他娘娘（他叫老妈为娘娘）就颠着小脚过来添满，吃一顿饭，讨来添几次。据说肉菜叫吃下去不再添满是对客人的不敬。

看一看面相，使不使脸色，添不添肉菜，算不算民俗？我以为算，而且“水”深着呢。

周周围围，我算是文墨人。有一次，“乔代表”（贫农代表）手里端着饭，在居民点迎面碰见我，很客气地对我让饭，我一再婉谢。也许是互相谦让的气氛触动了他，突然对我说：

“好好劳动，好好改造……你不比咱们，你喝过墨水，哪天比咱们有出息。”

这些话我至今记得。“好好劳动，好好改造”，体现了他的政治身份（“贫农代表”）；“你喝过墨水，哪天比咱们有出息”，说明山村农民虽然文化不高，但知道文化有用。他们对我长时间坐在炕上看报不挪窝表示惊讶，有的说：“阿们（我们）再吃三碗干饭也赶不上王庆同。”总之，油坊梁人对文化有发自内心的渴求和敬重。

大约是 1974 年秋后的一天，大队长让我到大队部去起草大队的长远规划。我对大队的自然地貌已经熟悉，在他的办公室（大队部里间），只用两个小时就完成了任务（瞎编一气）。他看了以后，改了几个字，让我复写两份。刚复写好，各生产队的干部到齐，他在大队部外屋（大间）的干部会上宣读长远规划。我缩在里屋他的办公室原地不动。这是九年中我与原则性很强的大队长唯一一次单独、直接接触。我发现他原则性之外也有灵活性，对文墨人怀有一点说不清的宽容。

在几乎与世隔绝的油坊梁，我尽力寻找报纸，多了解外部世界。队上有一份《宁夏日报》（一段时间叫《红色电讯》），但要找到不易，因为各家婆姨拿到报纸就积攒起来做“纸拍拍”：把它们放在水盆里泡烂，然后贴在缸上、盆上、罐上，贴上一层，拍瓷一层，层层加码，干了以后，褪下纸模，就是一个个纸做的缸呀、盆呀、罐呀的。当地叫“纸拍拍”（piǎn，当地土音）。他们用“纸拍拍”盛粮盛糠。有的人家在“纸拍拍”外面贴从画报、报纸上剪下来的花啊、鸟啊什么的，沿墙根摆一圈，很是干净、美观。有的人家还把报纸整整齐齐地贴在炕周围的墙上，甚至把报纸的天头空白对得一样齐，贴出“一条线”来。所有这些显示山村女人的心灵手巧，姑妄称之为“纸质民俗”。这种“纸质民俗”折射出山村农民在生活贫困的条件下仍然拥有对清爽、整齐、美观的追求。我借来报纸看后必定送还，不影响别人做“纸拍拍”、糊炕围，这样，营造了“借报信誉”，才能不断借到报纸看。我的借报看报与当地“纸质民俗”相关联，今天读来类似天方夜谭。

半荒漠的自然条件，低水平的生产力，祖辈以自己的方式维持着简单再生产和“地头民俗”。在地头休息时，找个柴棒在地上画经纬交织的棋盘，再捡几粒随处可见的羊粪蛋，两个人就玩起“狼吃羊”。有些活可以边干边玩，譬如用背斗背粪、背土，就可以边走边划拳。我与劳动伙伴边走边扯着嗓子喊“一定你输”“两家好”“三星高照”“四季来财”“五魁首”等，手上还变换着花样，压在肩上的粪土似乎就轻了一些呢。这些

“地头民俗”，是油坊梁人用土办法满足如饥似渴的娱乐需求，是一种民俗。

农历过年前后，小庄子气氛平静而满足。大队的毛泽东文艺宣传队年前必来生产队演出，多是对口词、快板、秦腔样板戏等。大伙穿着棉衣棉裤，披着老羊皮袄，站在院子里看得津津有味。我也获得一种享受娱乐的满足感。队上的一些小青年，有的在演出前趴在小玻璃窗外看演员化妆，胆子大的直接进屋看谁长得咋的。看完演出，有的会撵到别的生产队继续看。这些小青年并无恶意，只是怀有对美的好奇、追求心理罢了。也不光油坊梁生产队有这样的事，别的生产队也有人撵到油坊梁来继续看的。

至于电影队（一头骡子拉的小胶车，车上放着电影放映机、发电机、两位放映员的铺盖），过年前后通常会来放一次电影。队上是好吃好喝好招待，把那头骡子喂得好好的，为的是叫电影队以后来勤些。只要电影队来了，队长就早早收工，晚上好看电影呀。天还不黑，白帐子下面就坐上人（除了本村的，还有外村赶来看的）。放映机一打开，只要光柱上有个人头，马上有人上去一巴掌，骂一句“你个驴头”。那个“驴头”赶紧闪开，以免引起众怒。那时过来过去就那么几部片子，但大家还是齐刷刷地聚拢。据我观察，一来是一年到头只看几场电影，没有别的可看，实在是饥渴得不行；二来是年轻人平时少有聚在一起的机会，而白帐子下面的黑影处为他们你掐我一下、我捣你一锤提供了场所，有时还伴着轻轻的叫骂声，有的甚至站起来走到场外说悄悄话。

看演出、看电影，既是油坊梁人和周围人享受娱乐，又是人们放松心情、增加交流、追求美好的一种民俗。

过年前几天，家家户户开始烙馍馍（油坊梁人称其为“托罗子”，不知原意是什么）。馍馍面里掺了薄荷，婆姨们在做好的面馍馍中心点一个红点子，才放到带盖的炉里烙。这时，炉跟前一刻不离人，他要通过闻气道来判断炉里的馍馍是否不焦不生可以开炉。快熟的时候，薄荷香气飘出来，很是诱人。一些流着鼻涕的碎娃娃就围过来，站在笸篮跟前，大人把一炉烙好的馍馍倒在笸篮里时，都会掰一牙馍尖子给碎娃娃吃（不会给整个馍馍）。那些碎娃娃也不缠，给一点吃一点，吃过就走。全村只有俞汉家有这种专用的炉子（必须用磁窑堡的煤炭，各家都早早备好一些这种煤炭），他乐意借给各家用，而且跑去帮助掌握烙馍馍的火候。俞汉的老伴也是个热心人，谁家办喜事，特别是年跟前烙馍馍，她跑去帮忙和面发面，在面馍馍上画花或做出各种花样的面馍馍（有的像动物，有的像农具）。俞汉老两口是油坊梁年前烙馍馍时的大忙人、热心人。

油坊梁过年烙馍馍是很有仪式感的民俗，这里有装饰、有细心、有互助、有欢乐……

正月初一到初三，没有别的事，就是人们一堆一堆地“掀花花”玩，赌个小钱。这事儿是公开的。我不会玩，也不敢玩。有的人“拔单双”，输赢较大，影响也大，是偷偷摸摸干的。这个民俗当然不好，但过年玩几天（平时很少玩），似乎也没有人干涉。

有一年，已经是“九九加一九，犁铧遍地走”的时候，我照例在三星偏西时到牛圈牵牛挂犁。一看，整个牛圈只剩我的一对牛，别的牛都不见了。我赶紧挂上犁朝地里走，地里空落落，没有人。绕到地头两间平房的后面一看，哦，牛都拴在几棵树上，犁放在地上，那么人呢？我影影绰绰听见房里有声音，回到门口推门进去，哎呀，八九个人在昏暗的油灯下，蹲在地上“拔单双”耍赌。他们用一块烂毡把窗子堵严，正在兴头上呢，根本没管我进去，照耍不误。我没敢多嘴，悄悄退了出来，也没敢一个人去揭地，怕他们说我烧得不行，以后不理我。我坐在地头，一直等到日头上来了，他们才开门出来，套上犁到地里糊弄了一下（随意揭了一下地）。人都没精神，很快就卸套回家，我也跟着回“家”。那天没有完成规定的揭地亩数，是耍赌误了农活。这是不良民俗、消极民俗，他们也知道这个民俗要不得，所以做了一些伪装，叫人误以为是揭地去了。

正月二十三晚上，油坊梁人必燎疳。在某个大院子里点燃一堆柴火，着得只剩火星时，大人小孩在火星堆上跳过来、跳过去，说是燎掉身上的晦气保健康。某个懂行的人，譬如老高，用铁锹扬火星，针对不同的火星形状喊出“荞麦花”“糜子花”等，意味着今年什么庄稼丰收。我曾经问老高：“你看什么花是荞麦花，什么花是糜子花？”他挤挤眼睛，秘而不宣。我不是到张玉清家就是到队长俞秉金家院子跟在大伙儿后面玩燎疳，筋疲力尽后回“家”睡觉。燎疳后不久就开始新一年的“与地奋斗”——干活！

如此九年，我体会燎疳民俗的意义就是做好开春务农事的心理准备，表达对安全、健康、丰收的企盼。

现在的油坊梁，人口、生产、生活、生态、交通等条件大变样，不可同日而语，民俗也会变样。但民俗与文化有关联，而文化是有继承性的（当然还要创新）。知晓那些凝聚在民俗里的文化的来龙去脉，是增强文化自信的必要条件。《油坊梁民俗》展现的油坊梁人对善良、厚道、爽快、美观、娱乐、交流、礼节、放松、互助、安全、健康、丰收和敬重文化的心理追求，至今仍是具有积极意义的文化因子。油坊梁民俗的形式是表面，而其背后的文化才是内里。愿油坊梁摒弃消极的民俗文化，让积极的民俗文化在油坊梁人及其后代延续、创新，发展，融入祖国的文化创新洪流中，为社会进步、发展、法治、文明、和谐作出贡献。

油坊梁民谚

“独柴难着，独人难活”

遵照政治队长旬智的安排，社员郭登明带我到大沙坝一个远离居民点的地方，指着其中一间独立的破烂土房子说：“这就是你的家。”他还说：“没有人给你焖饭，你最好赶早起来焖上一锅，划成三牙子，早中晚收工回来吃一牙子，才能赶得上队上出工，晚上有时间休息。”九年时间，凡是队上统一出工，我就吃这种“一牙子”饭。赶早揭地，没有人给我送饭，也是头天晚上焖好，用饭盒带到地里，拔个干沙蒿点着热一热就吃。

当地谚曰：“独柴难着，独人难活。”我这个“独人”（单身）迁赶到这个叫油坊梁的地方，真是难活啊！

“人要实心，火要空心”

我过去从未睡过炕，开头是把沙蒿柴实实地填在炕洞口点着，结果是“店家炕，头头烫”，冻了几个晚上。遂向郭登明请教，他说：“人要实心，火要空心。”把柴往炕里填，柴中间留个空心，着得差不多了，再找两块烂墼子堵住炕洞口，能睡一晚上“满炕烫”。后来我煮饭也记着火要空心，烧火的效率提高，还节省了沙蒿柴。

“三间房子挂棒槌——由你甩”

社员张万珍家的三间新房传说闹鬼，宁愿让我住一段时间，我痛快地搬了进去。“三间房子挂棒槌——由你甩”，我选择住里屋。里屋有盘小炕，夜里我睡在小炕上，头正好在纸窗下面，半夜就觉得纸窗外面有个东西想摸我的头。我吓坏了，真有鬼啊？经过几天折腾，弄清是一头骡子在“闹”（骡子在窗外用嘴唇触碰窗纸，像是有人想用手摸我的头）。我把骡子赶回牲口圈，请饲养员把圈墙砌高，再未有晚上“闹鬼”之事。三间新房“物归原主”，我搬到居民点过去队上喂猪的烂房子住，一住就是几年。

从“龙抬头”到“不停牛”

“二月二，龙抬头。”队上张木匠、左铁匠开始修理犁、耧等农具。又过些时光，就是“九九加一九，犁铧遍地走”的日子，我和张学义、乔贵银、福成等几个小伙子各提上一副几十斤重的活头三角犁，套上一对牛，把沟坡地、沙滩地翻个底朝天。

农活要赶节气，从惊蛰后地化通，经过春分、清明、谷雨、立夏四个节气，到小满前几天，六十多天时间，每天三星偏西套牛，太阳两三人高卸套，人和牛都竭尽全力，为春播下种整好温床。民谚“过了惊蛰不停牛”是祖辈留下的话，后辈不敢违拗，不管刮风、下雨（小雨），惊蛰以后就是不停牛。那个时候，舞台上“战天斗地”的口号震天响，但地里“战天斗地”的是沉默的不停步的牛。

“癞呱子跳门槛——又蹾沟子又蹾脸”

民谚说：“四月八，冻死黑豆芽。”这个“四月八”是农历，公历已是5月上中旬。这个时候还能“冻死黑豆芽”，可见那地方寒气退得迟。

揭地，后半夜套牛得穿棉衣，可是揭到太阳一人高，又热得不行，得穿单衣。棉衣换单衣很方便：棉衣一脱就是单衣。

穿不起毛衣、绒衣就是这个“姿势”。有时我们贪睡起晚了，太阳当头照还没完成队上规定的揭地亩数，牛身出汗湿淋淋的，伤牛呢。队长看见了骂你没商量：“你‘大’不会说话，就这么欺负？把你‘大’热死了，明年咋种，吃啥？”谁也不敢回嘴，都是头一低继续揭地，应着了当地民谚：“癞呱子跳门槛——又蹾沟子又蹾脸。”

“黎明的瞌睡，×××××，猪的骨头羊的髓”

揭地之苦，在于天亮那阵子人实在困倦。当地“四大香”俚语“黎明的瞌睡，×××××，猪的骨头羊的髓”，说的就是“黎明的瞌睡”很香。据说，有的人能一手拿鞭，一手扶犁，跟着牛走，扯开呼噜。我没亲见这号事，但我确实有过黎明时分边揭地边迷糊的经历——牛走到地头站住了，等我“回头”，我却迷迷糊糊站着，隔了一会儿才大醒过来，赶紧“回头”。黎明时“边揭地边迷糊”，看似是个笑话，却是真的。

“你有万担粮，我有秋杀地”

有一年，秋粮放倒后我被派去揭秋翻地。秋天天气转凉，秋翻地水分损失较少，又是来年开春种的，秋冬雨雪能保存在地里；经过严寒冷冻，来年病虫害、杂草较少。当地谚曰：“你有万担粮，我有秋杀地。”就是指某个地块头年秋天揭过，经历一冬保墒消杀，来年春播出苗是“钉钉捉一”。“秋杀地”顶“万担粮”是文学语言，但所指也并非虚构。

1980年秋，我已离开油坊梁，在青山公社当干部，恰逢包产到户，家家户户都揭开了秋杀地，地里热气腾腾。1981年盐池全县秋粮由一亿多斤增加到六亿多斤（盐池县县志编纂委员会《盐池县志》），青山也是好收成。这就是农事耕作好经验的推广需要农事管理好机制来保证。

“葫芦吊大的，娃娃绊大的”

种完粮油作物，队上常组织劳力到甘草秧子较厚的“外首”挖甘草，增加集体收入。挖甘草是技术加体力活儿，一天干下来，我精疲力竭，拖着脚步往“大本营”走。刚才日头晒得你没处藏身，突然乌云密布，丢开羊粪蛋大的雨点。没等你跑回“大本营”，太阳又出来了。对这种天气，大家见得多了，下雨了没处躲拔颗大沙蒿顶在头上，雨过再接着干活。社员说：“葫芦吊大的，娃娃绊大的。”从小摔绊出来，筋骨硬，咋也不咋的。

“萝卜是菜，便宜是害”

离居民点八九里的地方有个用沟渠渗水灌溉的菜园子。惊蛰前两三天，种菜师傅俞汉就来叫我：“走，种蒜走。”一路上，他对我说，蒜这东西“惊蛰不在家，入伏不在地”，最要紧的是把住头尾两个节气。种完蒜，我们又背羊粪、翻地、平地、打埂、修渠，忙乎一个多月，到了“立夏前后，点瓜种豆”，就开始种各种瓜果。

我与俞汉、张普、王培元一起种了四年园子。天蒙蒙亮，俞汉就喊：“起，越吃越馋，越睡越懒。”他们干活实在，社会阅历丰富，特别是俞汉，夜晚睡在地窨子炕上与我谝，闷热天，我们还睡在地窨子房皮上（身下垫块毡）谝，他常有民谚出口，如“早起三光，迟起三慌”“萝卜是菜，便宜是害”“马瘦筋多，人穷心多”“小洞不补，大洞尺五”等。他看不上“晚上说到天上，早上睡在毡上”的人，骂混工分的人“羞你们先人”。俞汉、张普、王培元教我全套种菜技术，他们为人正派，对我的影响，我不会忘记。

我这个浙江人在油坊梁生活、劳动，“混同”油坊梁人九年，记住了许多油坊梁智慧人说的民谚。受到民谚文化的熏陶，觉得自己聪明了许多，提升了聪明的层次。《油坊梁民谚》只是挂一漏万地举了一些例子。

愿盐池积极的民谚文化为盐池的更好发展增添一些文化动力。

青山，“是个好地方”

1975 年 5 月，中共盐池县委组织部转告的宁夏有关部门关于我的案子的批复称：撤销“帽子”，恢复公职，由盐池县委安排工作。就是说，“帽子”是“撤销”意味着改正，公职是“恢复”也意味着改正。但还有政治问题，因为没有恢复政治名誉、恢复团籍、恢复预备党员。在这种状态下，我被安排到盐池县青山公社任生产干事。

1978 年 12 月，中共十一届三中全会在北京召开，开启了改革开放和社会主义现代化建设历史新时期。我在 1979 年春写最后一份申诉，1980 年春终获彻底平反，恢复十几年前失去的一切（恢复政治名誉，恢复原工资级别，恢复团籍，恢复预备党员）。随后，完成一系列程序，1980 年夏至 1981 年春任青山公社党委委员、公社副主任。1981 年 5 月，奉调中共盐池县委宣传部工作。

下面是青山六年（1975—1981 年）的故事。

中共盐池县委组织部根据自治区有关部门批复的“王庆同恢复公职，由盐池县委安排工作”的意见，征得县委领导同意，安排我到青山公社工作，并告知我青山“是个好地方”。这是 1975 年春的事情。

青山的确是不错的地方。盐池北部沙化严重，特产是沙子，有的婆姨连坐月子炕上铺的都是沙子（经过面箩筛的细沙），生存条件较差。盐池南部水土流失严重，沟沟坡坡是黄土，沟这边喊话那边能听见，可走起来得好半天，住的是黄土崖边掏出的窑洞，生存环境也较苦。唯青山（公社）所在的盐池县中部自然条件相对好一些，有零零星星的沟泉水浇灌的水地，说“夏天水果多”，也不假。盐池县委让我到青山“恢复公职”，确实是落实政策之举。

青山公社党委副书记侯学斗带着卡车到县上拉水泥管子，顺便到县委招待所——我离开油坊梁到县上等候分配工作，被安排住进县委招待所，我说“没钱”，县委组织部的同志说“记县委账上”。这是多年来我第一次感受到组织向我输送温暖。如果环境允许，我会大哭一场——把我捎到公社。

关于“记县委账上”这个事情，三十三年后，也就是 2008 年，央视记者采访我，我说过这样的话：

“当天晚上我回不去了，我就跟县委的人说我没钱，我开不起房子啊。他说那你就不用管了。他临走的时候，跟那个招待所的服务员说记县委账上。就是我的房费记在县委的账上，我一下子真想翻个跟斗，就是说县委给我付账了，给‘分子’付账了。我一下子又好像回到另一个天地了。这是我在九年当中第一次得到的一个组织的关怀，组织上把我当作它的一个人，给我开房子了。这种心情，没有经过的人理解不了的。”（2008年9月17日13：40—14：00，央视四套“见证”栏目《岁月山河之宁夏》之三《记者》播出，后重播两次）

侯学斗同志接我到青山时的情景，他在三十七后写的回忆文章里这样表述：

我到了县上，组织部的干事把我领到县招待所接王庆同。当我们走到招待所院子，王庆同已从住房的门口走了出来。组织部的干事向我作了介绍，我和王庆同握手寒暄几句后，就对王庆同上下打量了一番：中等个头，穿着十分简朴；三十几岁人的脸上，已经挂上了几条皱纹，显得很老面；说起话来不紧不慢，也很低调。当时我一看，这哪像个大学生，真是土极了。上车时，我要帮他去房间拿东西，他说，不必了，谢谢，我的东西很简单，就是一个破皮箱，自己拿。王庆同提出皮箱，我惊呆了，那皮箱非常破旧，四边已经磨去棱角，本色已经脱落，难以看出，箱子表面着满污垢，乌黑乌黑的，提在手中轻飘飘的，看来箱中也没有啥东西。由于汽车驾驶室座位已满，王庆同

只好上车坐在水泥管子上，还连连说，这挺好，这挺好。（侯学斗《王庆同在青山》，见张强《四十七岁才开始》）

这个时候，我大学毕业已经十七年，所有的家产就是一只表面“乌黑乌黑的”，“提在手中轻飘飘的”箱子，外加一个侯学斗同志文中没有说到的一只手可以提起来的铺盖卷，真是够寒酸的了。

我坐在水泥管子上，卡车往南走一个小时，蜿蜒曲折地爬上一个高坡，向西南望去，一马平川，一条公路通向一个大庄子，这就是青山公社的机关所在地，青山大队侯记河生产队的地盘。

没等到公社，路两旁有了不错的行道树，但路边地里的糜子断断续续，只有一拃高，没啥看头。

进得公社院子，只见院子扫得干干净净，两排四幢起脊瓦房，门窗漆成蓝色，窗上镶着玻璃，有两根电话线通进房子，没有电线通进来，显然只通电话不通电。掌灯时分，各房点起了玻璃灯罩煤油灯。我在没有玻璃灯罩的、昏暗的、豆大的煤油灯光下生活了九年，现在猛然见到刺眼的光亮，眼睛羞得打扑闪。操南方口音的韩会计安顿我在文教干事房里住。他的褥子底下铺着学生上体育课用的那种软垫子，我在他旁边空下的二尺宽的硬炕上铺好自己的褥子。他本来一个人住一间房子，我挤了进去，未见他有明显表示的反感，我的心稍觉宽慰。

十几年前我大学毕业，要求到宁夏“献身边远地区建设”。在银川（新闻单位）待了八年，遇“文化大革命”，“戴帽”迁赶到盐池县油坊梁待九年。如今又到青山公社“恢复公职”，谁知道又是几年……人说“人生如梦”，我说至少是“人生难料”吧。

第二天，公社党委书记丁生兰对我说：“你给咱们当生产干事，公社实行月五制，先到古峰庄大队蹲点，好好锻炼。”他把“好好锻炼”四个字说得很轻，看得出，他是怕伤我的自尊心。是啊，我都三十九岁了，还要“好好锻炼”，是伤面子的。但他不这么说又能说什么呢。大学毕业，还有政治问题，“好好锻炼”是很轻的说法了。他瞪着圆圆的、鼓鼓的眼睛，初看挺吓人，细看不吓人。就是那么一对眼睛，我倒从他的眼睛里看出正派。都说眼睛会说话，我第一次同他接触，读出他的“眼睛语言”：他不嫌弃我。我也明白，我的身份只能与“生产”相匹配。丁书记有他的难处，他也只能如此安排。

这样，我刚买的公社食堂的饭票只吃了三顿——吃饭的时候，人人手中端一碗黄米干饭，顺墙根一蹲，地上放一碗菜，边吃边谝。尽管有个小餐厅，但少有人进去坐在凳上吃，都说“把人闷死咧”——就收起来暂时不用了。铺开的被褥只睡了一个晚上，又卷起来捆好，放在生产队来接我的驴拉车上，到古峰庄去。

短短几天，我经历了几个未知。从菜园子到县委组织部，未知是又要“升级”了（此前，运动一来我就“升级”），还是“留级”“降级”；从县委组织部部长办公室到县委招待所，住进双人间，未知会把我“嫁”到哪里去；到了青山公社，睡在“别人的炕”上，未知明晚睡在何处；坐在生产队来接我的驴拉车上，未知前方那个古峰庄是什么样子……这一系列未知，发生在四天时间、四个空间。“未知”带给我等待，但没有恐惧。因为我的心变“硬”了，“硬”到你说咋办就咋办。油坊梁的等待是未知光明出现于我生前还是身后，我必须咬牙坚持；青山的等待是曙光似乎就在前面，而这个“前面”究竟有多远还是未知，但有一种“我总算熬到‘个人新的历史时光’前夕”的兴奋，我在展望中坚持。

纪伯伦说：“你要静守，度过你心里凄凉的冬日。”正向古峰庄靠近，虽然对它还未知，但已知“冬日”正在过去，我心静如水，当然也小心翼翼。

到古峰庄去

按照青山公社党委的安排，我作为公社的生产干事，到古峰庄大队去蹲点。

那是一条通汽车的简易公路。沿途是荒凉的沙滩，稀稀落落的酸刺丛，泛出星星点点的绿色，除了偶尔出现的牛羊，再看不到会动的生命。我和赶车的生产队张科队长初次见面，无话可说，一颠一颠的驴拉车走了两个多钟头，终于看到路边有个大土丘。土丘下面有个羊圈，张队长说“快到了”。果然，转过大土丘，眼前是一个不小的庄子，就是古峰庄大队部所在地——古峰庄生产队。大队党支部书记张红年得到通知，已经在大队部等我。他安顿我住大队部里屋，吃饭就在张队长家。我开始了月五制下的蹲点生活。

月五制就是一个月头五天在公社集中开会、学习，剩下的二十五天在大队蹲点，了解情况，指导工作，解决问题。这种工作方式显然是重心下移，加强基层。公社的干部在月五制的制约下，一个月也就是开会、学习那五天能回家聚一聚。再说公社只有一辆卡车，还是从县水电局借的。干部想“走读”，也没有条件。我和公社的一般干部以及刚招来的六位清一色十八九岁亦工亦农的干部，都没周末，大家是一头扎在蹲点队。

古峰庄大队部有两间房子，外间大些，开会用；里间小些，本是大队干部办公用的，现在叫我住了。

大队部在庄子北边稍高一些的一个土台子上，天黑煤油灯亮了，引人注目。消息灵的人知道来了一个蹲点干部，而且是北大毕业的，好像是有点问题才叫打下来。可是一般社员不管什么问题不问题，晚上没处去就三三两两到大队部串门。有的问“多大岁数了”，我说“三十九岁”。又问“婆姨在哪里”，我说“没婆姨”。对方大为吃惊：“啊，咋不知道娶婆姨？”我无言以对，哈哈一笑带过。有的来考字，三个牛念什么，四个牛念什么；三个火念什么，四个火念什么等。一般考不住，但也有考住的，譬如四个牛，我不知道念什么。从来人的眼神、口气看，大家对我的坦率和回答总体满意。再往后是无话不说，谁家篱笆不牢啦（女人作风不好，家里搁人），谁家晚上支案啦（耍赌）……他们不是来告发，而是没事把它们作为谈话的资料同我叙叙。我在农村生活、劳动九年，知道这号事想管也管不过来，只要不严重，随它去，我也就听听罢了。

作为公社派驻的蹲点干部，我出面解决一些生产队、社员提出的细小具体问题；重要一些的问题提到大队干部会上研究；随大队干部到各生产队转转，了解情况，提出一些参考性意见；有时也在生产队住一两天，参加劳动；修改或起草大队向公社报送的各种材料：公社下达了文件，大队干部向生产队干部、社员传达，我作点解读。我的蹲点工作“常态”，大致就是这些。

古峰庄大队一千来人，有一万多亩耕地，正常年景能勉强吃饱肚子，但老天一旱就麻烦。1975年夏天，旱得吃水都成问题。大队部附近有口井，天天晚上井下咣当咣当响个不停。那是社员下到井底，等着水一点一点渗出来，渗出一点赶紧连泥带水用碗舀到桶里——那个响声就是碗沿碰到铁皮水桶发出的响声，声音不大，而那口井离大队部很近，夜深人静时，不大的响声仍搅得我睡不成——攒够半桶就叫上面的人提上去，倒盆盆罐罐澄清，用于焖饭、烧开水。水贵如油啊。

那口井记录了干旱地区群众吃水的困难，承载着他们盼水的希望。那咣当咣当的响声，似乎已经“焊接”在我的听觉神经上（尽管人老了，听觉神经已经不灵敏），时常还会在耳边响起。2019年7月，我第二次回到古峰庄（第一次是2015年，匆匆去匆匆回，未见到当年生产队长张科），见到张科，他指着一个地方说：“原来的大队部拆了。”我接着问：“那口井呢，应该就在附近，怎么不见了？”他领我到一间很小很矮的房子，原来那口井用小房子保护起来了，井沿用水泥砌了一个圈子，防止杂物掉下去。他说：“前几年旱得不行，大家吃水还是靠这口井，就给盖了这个小房子，砌了一个水泥沿子，生怕断了吃水路子，现在通上自来水，井就还这么留着。”

人老几辈子，一口井都忘不了啊！

就在1975年夏，天旱得不行行的时候，解放军的一个供水排，带着三辆水罐汽车前来抗旱——往返几十里拉水浇地。那地干得尘土飞扬，一点水浇下去，立刻吸干。三辆水罐车不停地拉，不停地浇，战士们真是奋战啊。可是，实事求是地说，浇了几亩地，种上小日月糜子，这对于有上万亩旱地的古峰庄大队来说，杯水车薪。如果用这点水来解决社员的饮用水问题，能起较大的作用。我不敢提这个建议，把生产用水挪作生活用水，可不是小问题啊。我不敢多嘴。

最难的是供水排走的时候，要大队给个鉴定。张支书说我的“文墨（māi，当地土音）深”，让我写。战士们的吃苦精神我看见了，我较为充分地写他们的抗旱精神，写他们的爱民情怀，至于实际效果多大，也就模糊过去了。可以想见，各地的这类鉴定材料层层上报，在某个层次上，“文墨”更“深”的人会用生花妙笔衍生出怎样的抗旱总结和报道哟。我平生第一次到大队工作，也是第一次从实践中知道下情如实上达不是一件容易的事情。

“赶早”，指早上五六点钟起身下炕，到七点左右吃早饭这段时间。据我在油坊梁劳动的经验，社员“赶早”是到大田（集体的地）干活。可是，在古峰庄生产队，社员“赶早”不出集体工。于是，我在社员大会上要求社员“赶早”出集体工。第一天，我率先垂范，天一亮就掂锄头到集体地锄草，来了五六个社员，生产队长没来；第二天，我继续带头“赶早”锄地，只来了两个社员；第三天，我成了孤家寡人。我跑去问生产队张队长，他说：“‘赶早’出集体工，自留地怎么办？”我当然可以反驳他，宣告社员“赶早”一定要出集体工，但我没有这样做，因为我内心并不强大。这是我在农村劳动、工作以来所见到、碰到少有的敢于正面顶撞上头干部的生产队长。他理直气壮地为社员自留地争时间，他懂得社员要“吃肚子”（吃饱肚子）。是啊，不给自留地留出时间，自留地不让精耕细作，社员拿什么补充米袋子？“民以食为天”，农民的“天”有一块是自留地。从我内心来说，我欣赏社员在自留地上“绣花”的那股劲，但又为什么提出“赶早”出集体工的点子？在“左”的制度、大环境的压力下，“发烧”是许多人的通病。这是我的虚伪和软弱。然而，我终究有自己的良知和理性，默默地向张队长让步，让社员“赶早”去收拾自留地。从内心深处来说，我巴不得有张科那样的生产队长，个人的面子算什么！

这中间也出现了一个小插曲：有的生产队干部猜到我还有“问题”，估计我在公社说话也没人听，不能多要来救济粮、救济款，故生产队开“革命领导小组会”（生产队干部会）也不通知我。大队党支部书记张红年知道了，一次，他在大小队干部会上说："你们都闹机密，老王是公社党委派来的蹲点干部，他过的桥比你们走的路都多，各小队开'革命领导小组会'都要通知老王，去不去他考虑，不通知是你的事。"从此以后，再没发生"不通知"的事。那时我听到背后有人说我"那人走路提不起土"（意为不厉害，解决不了实际问题）。我觉得说得对，带着还有"政治问题"的包袱，我敢"走路提起土"吗。其实对"不通知"，我并不介意。

1975 年秋天，秋霜早，庄稼薄，生产队三下五除二就把秋粮拾掇到场上。场上的活是细活，技术性强，挑到场上干活的都是精兵强将，剩下的"大兵"（一般劳力）没有了主战场，就游游浪浪起来。这个时候生产以外的任务，就会多起来。

这年秋后，第一件生产以外的任务是公社丁书记到古峰庄大队蹲点，落实计划生育政策，具体任务是动员符合条件的育龄妇女结扎。这次有一个有利条件，就是北京 304 医院一批医务人员响应号召，到宁夏支援三个月。盐池县是老区，青山的条件较好，被定为 304 医院医务人员支援的一个点。他们到青山后的第一件事，就是应公社要求给古峰庄大队的育龄妇女结扎。

大队分配给我几个动员对象，我学着大队干部的样子去做工作。进门以后，简单交代几句国家政策，就使出"杀手锏"：

“这回是北京大医生给你扎，错过这回没下回。”“这可是烧香都请不来的人，这回不扎，以后叫县上医生给你扎。”为了完成任务，顾不得维护县上医生的威信了。对方往往是沉默片刻，然后说：“那就扎了去，迟早是个扎。”不过，会附加一个条件——“我头一个扎。”不知道她们从哪里听来的，说头一个扎刀子干净，以为就像割东西似的，一把刀子在几个人身上割来割去。我当然知道手术刀要消毒，绝不会一把刀子割到底，但我不是医生，我知道怎么解释也是白搭，所以最好的办法是满口答应下来：“能行，你头一个扎。”等到第二天进手术预备室，医生安排她是第几个就是第几个，没有讨价还价的余地了。她也紧张得不行，早把我答应的话忘得一干二净。这是我活到近四十岁，第一次头脑清醒地诓人。我不骗她，完不成任务哪。

有一户，她看我从东边去，把门一锁，向西边走；我从东边来，她朝西边去。张红年对我说：“煮饭的时候你去，她不能撂下热锅就走。”我按照张书记教的办法做，把她堵在家里，完成了动员结扎的任务。

护着社员、让社员“赶早”到自留地干活的那位张队长，对结扎特别支持。他到处嚷嚷：“都扎了去，你都糊涂养，队上哪有口粮给你！”他是生产队的当家人，知道“人少好吃饭”。要说责任心，这位张队长是有责任心的。

干部完成了动员任务，要去结扎的育龄妇女的亲人却还不放心。304 医院医疗队的人手高心善，他们在我住的那间大队部里屋摆开“战场”，先是对房间消毒，然后挂上白窗帘、白门帘，抬来消毒高压锅，就“扎”开了。每天早晨，丈夫领着婆姨，婆婆陪着媳妇，来到大队部外屋（手术预备室），都要对“白大褂”千叮咛、万叮咛：“那就请院长好好扎。”上了岁数的婆婆见了谁都是“院长”长，“院长”短，请“院长”多关照，她是怕媳妇落下病。男人痛快些，向“白大褂”交代说：“这是几个娃的妈，大夫你小心点。”他怕出意外，弄得娃没妈。“白大褂”对这些啰唆不嫌烦，总是操着京腔说：“大婶，您放心。”“小伙子，放心回吧！”最后事实也证明，他们的确有本事，“扎”过的人，一个个稍事休息就回家，平安无事。这种小手术对他们来说本就是“小菜一碟”。这些人手头有钱，但从不买社员的鸡蛋、鸡、肉，到菜园子买菜、瓜果，从不还价。他们好像有纪律。

304医院医务人员务实和平易近人的作风，在古峰庄大队乃至青山公社留下了深刻印象，作为美谈传颂至今。

这次结扎，大获全胜。丁书记让我写个总结，整理几条经验。我写好后请张红年看，他看后说：“咱大队还没有报过写得这么好的材料，到底是老牌大学生。”丁书记批转这个总结，要求全公社推广古峰庄大队的经验。

落实计划生育政策工作在古峰庄大获全胜后，我心中多了一个疑问：全公社八个大队，丁书记为什么选择到古峰庄来蹲点？我没机会问，也不好问。但公社院子很快传出一个说法：当初丁书记听说县上来了一个北大毕业的，刚恢复公职，但还有政治问题，叫王庆同，正在等候分配工作，他就到县上要王庆同，并对县领导说，一定把王庆同管好用好；这次到古峰庄蹲点，就是考察王庆同究竟怎么样，把王庆同要来要对了吗。这只是一个传说，我无法核实。不过，当时的公社党委副书记侯学斗在2012年4月11日写的回忆文章里透露了一个相关信息，他是这么写的：

> 青山乡是一个山区乡，过去在哪里工作的干部，大都是从基层选拔上来的工农干部，相对来说文化水平较低，要选个搞文秘工作的还比较困难。公社党委多次向县人事部门要求向公社调配文秘干部……1975年的一天，接到县人事部门的通知说，你们公社要的文秘干部选到了，是一个经上级甄别、恢复公职，但还没有彻底平反的北大的大学生，叫王庆同。如果有人来县上顺便接回去。当时公社几个领导听了都高兴地说，不管他是甄别的、平反的，还是干啥的，只要是有文化的，能写的就行。为啥这样认为呢？因为当时公社这几个领导都是农民家庭出身干部，都经历了许多运动，有的甚至无辜地挨了批斗，也经历了“甄别”“平反”这样的过程。从心理上对这样的同志，有着十分深厚的同情感。正好那天，我要到县上水利部门去为自己蹲点

的大队——郝台大队往回拉运水泥管子，大家都说你去把王庆同接回来。”（侯学斗《王庆同在青山》，见张强《四十七岁才开始》）

这是我恢复公职后被“派”到青山的一个书面说法，可能是较为靠谱的说法。这一“派”，衍生出一些“人生难料”，其实呢，也不算难料的平常故事。实事求是地说，不是被“派”到青山，而是被“派”到另一个山，如麻黄山；或什么井，如王乐井；或什么堡，如惠安堡等，也会有这样那样的“平常故事”。这就是人生吧，必然性加偶然性。

1975年的冬天是个寒冷的冬天，我是穿着棉衣、棉裤、棉鞋，戴着棉帽到“点”上去的。

1976年1月9日清晨，循例放新闻联播的古峰庄生产队的大喇叭，突然放出哀乐。接着，中央人民广播电台男播音员用沉重的语调宣告：周恩来总理不幸逝世。七点钟，天麻麻亮，又是冬天，没有农活，我还在大队部里屋睡着。此刻，听到窗外大喇叭播着这令人吃惊的消息，我一骨碌翻身下炕，穿好衣服，打开房门一看：素装玉琢，满目皆白，鹅毛大雪铺天盖地从天而降，承载噩耗的声音在小庄子上空滚动，家家都听见了。当天下午，接到公社的口信，让我立即回公社。我在雪地里骑自行车，骑了一个小时（雪很大，骑不动）回到公社。当天晚上，公社开干部会，传达上级指示，大意是化悲痛为力量，坚守岗位，抓革命促生产。第二天，蹲点干部照旧回“点”上去。我回古峰庄大队继续蹲点。社员呢，该送粪的还送粪，该“抹牌”（掀花花，赌个小钱）的还“抹牌”。这是我恢复公职后碰到的第一件“国家大事”，我在古峰庄大队部开门见到鹅毛大雪铺天盖地从天而降，那是千真万确，没有一点含糊。那情景终生难忘。

入冬的古峰庄大队草黄了，黄土地里没庄稼了，村里村外泛起黄颜色。羊把式早早赶羊出圈，太阳落山才收圈，但草原与油坊梁的情况差不多，植被稀少，滩里能叫羊吃的东西实在不多，羊还是吃不饱，瘦骨嶙峋。倒是婆姨、媳妇早晚两顿“充猪”热闹得很。平时不好好喂，叫“吊壳廊”，等到架子“吊”起来，就用饲料、细糠好好喂，叫猪长肉上膘，这叫“充猪”。“充猪”时，她们用清脆的啰——啰——声唤猪回来就餐，声调不一，音量不一，只有她们自己的宝贝能听懂。猪猡们也从不走错家门。不久，“充猪”进入“紧充”的阶段，不让猪满滩跑了，关在圈里让它们放开肚皮吃。庄子里再也听不到啰——啰——声。猪胖了，挨刀了，但我未品尝到古峰庄大队猪肉的美味，这年（1976 年）春节，我回到自己家过年——我在青山公社别的大队有了家，我成家了。

不久，公社党委调我到机关当文书，古峰庄大队蹲点生活遂告终结。

在古峰庄蹲点约一年，大队党支部书记张红年的形象长期留于我脑际。我在后来的两篇文章里记述过他，其一是二十六年后我在回忆文章里谈道：

> 古峰庄大队党支部书记张红年文化程度不高，但字写得很老练，为人正派，走路向前倾，经常是匆匆忙忙从这个生产队走到那个生产队，传达文件，布置工作……他不训人，顶多是急了嗓门高一点，脖子红红的。社员知道他心正，都尊重他……他召开大小队干部会，总通知我，并在临会议结束时要问一句"看老王有啥说的"……党的十一届三中全会后，我获彻底平反回到银川，他给我寄来过照片，我也利用到盐池开会的机会去看过他。我向他致意，道谢。他却说：嘿！我老婆那时就说老王是好人，哪个干部下来干活？老王还真实打实地干活，到我们家还帮着上房泥呢。我记不得帮他们家上房泥的事了，但当年在那块土地上共同奋斗经历的回忆，仍使都已步入老年的我们激动不已。我们都很珍惜那段时间建立起来的友谊。（王庆同《青山六年》）

其二是三十六年后，即 2011 年 7 月 28 日，我在一篇回忆文章里这样写张红年：

张红年工作很忙。谁家婆姨汉子打捶，找他，他去调解；谁家的猪毁了别家自留地的庄稼，告到他那里，他去断官司；有的贫困户断粮了，他写个二指宽的条子，让到公社换介绍信，先到粮库借粮，从下次救济粮里扣。公社一会儿要规划，一会儿要汇报，一会儿要进度，大队文书写好后，他拿来叫我改，并说：这回你好好发挥作用。

张红年有时急。碰到不讲理的社员、队干，他的脖子血管粗起来，头、脸红起来。有人跟他抬杠，他不记仇，抬过照样说笑，从不给人穿小鞋。他办事公道是出了名的……

2010年秋，又有机会回盐池。我打电话问他儿子，回答说：“老爹正躺在我家，病重了。”我赶紧到盐池三小对面他儿子家。只见张红年躺在床上，挂着吊针，已很虚弱，不能坐起来。我找了个小板凳，坐他床头，对他大声说：“张红年，你挺住，好了咱们回甘洼山。”他睁开眼，轻轻点了点头，已不能完整表达意思。

我心戚然。这么一个好人，怎么就病成这样了？

我看望他一周以后，他走了。（王庆同《好人张红年》）

张红年是党的好干部。他这样的干部是党在农村基层所依靠的支柱。我们永远不要忘了他们的辛劳和功绩。

文书流水与“首发”

我由蹲点的生产干事，调整为守机关的（行政）文书。我的任务是收转文件；起草、刻印、分发公社革委会（后为管委会）的文件；指导、汇总各大队每周报告农林牧各业的进度、数据；每周末按时向县上有关局电话报告全公社的进度、数据；办理各种上面拨来的物资、钱的发放手续（发救济粮、救济款，以及县上调拨来的种子、水利物资等）；开介绍信（社员外出住店都要凭公社的介绍信，有一段时间买火车票汽车票都要公社的介绍信）；办户口迁进迁出手续和出生登记、新生儿棉花票布票发放；办结（离）婚手续（结婚棉花票、布票补助）；给新自行车办证、办牌照、打钢印……不用说，公社革委会（后为管委会）的公章交给我了。没有人叮嘱好好管公章啦，好好把关啦等，一切平淡无奇，极为自然。这表明公社党委对我挺放心。这个调整是因为原任文书另有任用，公社党委对我作了近一年观察（古峰庄蹲点），觉得此人可用，办事认真，把我调回来顶了原文书调走的空缺。

整个公社守机关的只有三个人［秘书，管公社党委事务，先侯锦章后李振荣；文书，管公社革委（管委）事务，此时是王庆同；会计，管公社财务，一直是韩林］。白天，我很少有时间离开办公室，不断有电话打进，有人来办各种事务。起草、刻印公社革委（管委）文件，汇总上报的全社各业进度、数据等大多在晚上干。好在办公桌边上就是一个小炕，累了上炕睡，天亮了下炕再干，没日没夜干了四年半（1976年春至1980年夏）。

当时的公社党委副书记侯学斗在回忆文章里说：

> 别看公社文书，虽然没上官衔等级，可他干的工作十分繁杂，包揽政务、经济、生产、民生等，大者上对县上各个部门，小者下对全公社队队户户，每天上上下下来办事者络绎不绝。干文书工作可以说没个上下班时间，没有耐性，没有精力是胜任不了的。王庆同听到让他接任文书工作，又是喜，又是忧。喜的是公社领导对他的信任，对他能力的认可；忧的是恐怕干不好影响工作，辜负领导的期望。公社领导给予王庆同鼓励，同志们给予王庆同支持。而王庆同更有一股子钻研拼搏精神，每天工作到深夜，很快熟悉了业务，而且非常熟练。把所有文件、数据梳理得井井有条，可以说对问事者必答，对办事者速办，领导和

群众都非常满意。（侯学斗《王庆同在青山》，见张强《四十七岁才开始》）

为什么要“没日没夜干”，那是因为我要回报盐池县委和公社党委对我的信任。我明白，盐池县委和公社党委更明白，我虽然恢复了公职，但还是一个开除团籍、取消预备党员、行政降两级的人，公社党委把“命根子”——公社革委会的公章——交给我，盐池县委予以默认，我感到巨大的信任和期待。我要报答县、社两级党委对我的知遇之恩。

这里有必要补充几个事实：盐池县委组织部副部长到青山公社作报告时，转到公社文书办公室与我打招呼。县委副书记作为青山公社路线教育工作队副队长到青山时，我已经是公社革委会文书，他对我蛮热情。从未听说他们质问公社党委为什么让“有问题”的人当文书，足见盐池县委默认青山公社党委让我当文书是有事实根据的。

青山公社面积数百平方公里，生活着九千多人，只有四部电话，都是手摇歪把子，公社粮库一座，公社供销社一个，公社党委李秘书办公室一间，公社革委会（管委会）文书办公室（我的办公室）一间。公社机关就靠李秘书和我办公室的两部“歪把子”接听外面最新、最重要的信息和指示，向外界传输最重要、最紧急的情况和请示。接电话倒方便，铃响就接了。朝外打电话挺麻烦：得先使劲摇歪把子，把与公社一墙之隔的公社邮电所总机上的牌子摇得掉下来，邮电所老邢答声了，你再说要什么单位，拿着话筒等着，过一会儿，老邢说“来了，快说”，你才能与对方说话。老邢有时在整理邮件——公社邮电所就他一个人，既要接转电话，又要管信管汇兑，有时他离开总机台做别的事情，不知道牌子掉下来了，或摇歪把子力度不够，牌子没掉下来，老邢不知道，那就得搬个椅子出去，踩在椅子上，爬到墙头喊“老邢，老邢，接电话”，把老邢喊应了，再返回办公室，拿起话筒才可以听见老邢慢慢的、沙哑的山西口音“要哪里”。打一次电话出一身汗呢。

每周六上午我必须打一次电话，向县上农业局报生产进度：春天要报这一周什么庄稼种了多少亩；夏天要报这一周什么庄稼的地锄了多少亩，收了多少亩；秋天要分庄稼报这一周收了多少亩，场上打了多少斤粮食；冬天要报这一周往地里送了多少斤粪，打了多少眼井；春秋还要分树种报这一周植了多少株树，这一周死了多少羊，产了多少羔；一年四季要报这一周死了多少猪，存栏多少猪、羊。不得了，我到哪儿去弄这些数字？公社南北三十多里，东西近七十里，我就是飞毛腿也跑不过来。于是，我像上头压我那样压大队文书，要他们每周五向我报生产进度，我周五晚上连夜汇总，周六上午报出去。他们的数字从哪儿来，我不知道。我问过一位大队文书，他说，那好办，每周报数字留个底子，这一周根据实际情况往上加一些就是了，天气好多加些，大批判厉害多加些，天气不好少加些，不批判了少加些。也有的大队文书不留底子，一周一个数字，前后矛盾，我就看情况给平衡一下，差不多了就报出去。

那个时候，不相信农民会种地，用并不准确的数字指导农民种地。实际是大前提不符合实际：农民不是不会种地，他们很会种地，只是没有种地的积极性，你说咋种就咋种，所以地总是种不好。后来实行包产到户，农民种地的积极性调动了起来，地种好了，上下级的数字游戏也就不做了。

我这个文书，玩转数字效率高，当时受县上表扬。现在想来，很可能是无效劳动，弄不好还可能有负面效果。这就是个人在机制面前是渺小的。

当然，个人也不是完全无能为力。当时公社八个大队，八个文书文字功底都不错，但对他们报的数字我也保持着审慎的警惕。当时的营盘台大队文书侯凤章三十多年后回忆说：

> 秋收之后的打碾入库快结束了，王庆同突然又来到我们大队，满头大汗，大队正在开会，想让他这个公社来的干部讲两句话，他说："我是来找侯凤章的。"我吓了一跳，他这么匆忙找我有啥事呀？心里一阵紧张。他说："小侯，我发现你上报的数字咋前后不一致，尤其和侯主任说的数字不一样？"他翻出了我的报表，我很不好意思，因为我知道自己是怎样瞎编的。他说："你看，耕地面积、播种面积、收获面积，春天报的和秋天报的不一样。"又说："亩

产、总产和侯主任说的差距大。”我说：“现在还没有打碾完，等彻底打碾完我再报准确数字。”他严肃地说：“小侯，可不敢这样，这些数字都牵扯到分配，给国家上缴多少，生产队提留多少，社员分配多少，公社审批都要看你上报的数字。你报的不准确造成的问题可就大了。”我很羞愧。他又说：“可不敢小看数字，文章写得再好，一个数字不准确，全篇文章都报废，哈哈。”他最后的哈哈一笑，明显是缓解我尴尬的心态。我上学走了，离开了大队文书的岗位，离开了王庆同，但王庆同教我的东西至今还鲜活地留在我的心中。（侯凤章《青山来了个王庆同》）

侯凤章同志后来上了宁夏大学中文系，毕业后回盐池教书，当过盐池一中校长、县人大常委会党组副书记，现在是盐池文史、史志、乡俗方面的专家。我在一篇文章中说侯凤章是《改革开放的宠儿》（《吴忠日报》2017 年 6 月 20 日第 13 版），应是没有问题的。改革开放为农村的读书人，如侯凤章同志，开辟了怎样宽阔的道路，我目睹了，我见证了，这个过程是清晰而确定的。

补充一句：那次我是骑公社的摩托车去营盘台的，过方山附近的一个长长的沙坑时，推着摩托车过，头上身上都是汗，所以，侯凤章见到我时是“满头大汗”。往回走时，我教条地记着“慢过水，紧过沙”的要领，想冲过那个长长的沙坑，结果，手臂力量不够，把不稳方向，摔了一跌，摔得不轻，从此慎骑摩托，直到现在。

作为公社文书，在我所接听的电话中，最紧张的当数关于地震的信息。

1976年唐山大地震以后，好长一段时间，人们谈“震”色变。正是在这种背景下，我接听了“地震信息”，心理压力可以想见。

一天后半夜，我办公室兼卧室的电话铃声大作。一骨碌翻身下炕，拿起听筒，对方是县上现职领导。他说：“今天夜里可能有地震。”我说：“是不是正式预报？”他说：“不是，是部队向县上透露的信息，告诉你们一下。”说完，挂了。我毫不犹豫地穿好衣服，快步向公社革委会主任侯堰同志家走去。不到一里路，很快就到了。他家的狗先出声，我不敢进院，站在院子外边喊：“侯主任，侯主任，有事。”我不敢喊有地震，怕别的人家听见乱起来。一会儿，侯主任披着衣服出来，我悄悄告诉他消息。他沉思片刻后说：“你等一会儿，我回去穿好衣服，咱们到公社再说。”到了公社，我们站在院子中间，仰望天空，都不说话。其实，我们不懂云与地震的关系，什么也看不出来，但是心里觉得，这么看着，各个房间的人就可以安心睡觉了。我甚至想，只要脚下一动，立刻大喊地震（实际上已经来不及了）。人命关天的责任，压得我好紧张，很想去把公社扩大站的喇叭打开，让大家都起来，一传十十传百，把整个公社人都弄醒。可是如果最后没有地震，我怎么向大家解释？好在侯主任沉得住气。我们在犹豫不定、心存侥幸的心理支配下，一站就是两个钟头，直到东方发白，人也困得不行就进屋睡下，结果是一夜平安无事。第二天，我们没有张声，就当没那回事。

至今我不知道这样处理对不对，只能说，结果证明是对的。但如果是另一种结果呢？真有地震，我们把消息压下来，我们能吃不了兜着走吗？

办结婚登记这事儿，看起来轻松，实际不轻松。农村“早生子早得福”的观念根深蒂固，上了年岁的人总想早给儿子娶媳妇，早抱孙子，因此虚报年龄办结婚登记是常有的事。当时，要求女满十八岁、男满二十岁才给办。有一次，我工作疏忽，让一位不满十八岁的女青年办了结婚登记，很快有人告到侯主任那里。侯主任说：“咱们得快点去追回来，去晚了人家‘办’了就不好说了。”于是，动用当时在家的最快的交通工具——东方红拖拉机车头。我们挤在车头里，当天晚上直奔那户人家，收回了结婚证。我记得，正准备给儿子娶媳妇的老汉，表情是那么无奈、无望，他在侯主任和我所代表的政府权力面前，不敢辩解，只有企盼，企盼我们开恩。他不情愿地把已经领到的儿子的结婚证放在蹲柜上，让我自己去拿。我硬着头皮在他注视的目光下拿起来装进挎包。我们没有批评他，坐原来的交通工具扬长而回。想必他能理解我们，如果不收回那张结婚证，队上的人会告个没完，大家都想早抱孙子呢。

当然，只要我胆子大一点，给那些没人敢告的家办张早婚结婚证，我的羊腿子就吃不完，甚至还有更好的东西（比如二毛皮）往我家送。但我胆子小，就是“有贼心也没贼胆”，我的廉政口碑是较好的。

办结婚证的故事很多，当时没有记录，也没有用心记，现在回忆挂一漏万，只好从友人和自己过去“固化”信息中找一点。

我的学生张强，《宁夏法治报》总编辑，2015 年 9 月邀请全国法治报老总、记者到宁夏采访普法工作，曾到青山公社。他在微信朋友圈写道：“在公社广场，无意间问起几位乡亲知道王庆同吗，几位六七十岁的老人抢着回答说认得、认得，还有一位说，我的结婚手续还是王庆同办的呢。一位叫侯凤鸣的说，王庆同是好人……”

> 办结婚登记是件头疼的事情。一次，一辆轿车拉着一对青年男女来到公社。他们一进门只是一股劲地散发高级糖、高级烟，最后才说是石油上的职工，要在我这里办个结婚证，“不叫白办”。我心想，你户口不在我这里，我怎么知道你年龄？是否已婚？最后没办成。我无所获，他们也无所获——这是最好的结局。至今良心无负担。（王庆同《青山，终生难忘》，见《银南报》1996 年 10 月 18 日第 4 版）

秘书、文书是公社干部中办事权较集中的岗位。我当了四年多文书，深知岗位在群众眼中的“权威”。不管是谁，到我办公室里办事，都让坐着说，我眼睛看着他，说话和气点，办还是不办都让对方步履轻松地走。刚开始有人叫我“王文书”，后来一律叫“老王”，我感到高兴。

文书，文书，总是与文有关。我在青山文书岗位上，还有一些与文书工作似乎无关但与文有关的故事，这就涉及“首发”。

一是报纸“首发”。1958 年夏至 1963 年夏，“王庆同”三字常在《宁夏日报》上亮相，此后十七年间，“王庆同”从《宁夏日报》上消失。1980 年夏，王庆同突然以盐池县青山公社革委会文书的身份向《宁夏日报》投稿。这年 7 月 23 日，《宁夏日报》第 1 版“谈心会”专栏发表署名“庆同”的短文《说“诚”》。这是我从《宁夏日报》上消失十七年后的“首发”。现予录入：

说“诚”

庆　同

“忠诚老实，作风正派”，是肯定一个人思想品质的赞语。“推心置腹，以诚相见”，是形容人们关系的褒词。可见，“诚”是一种美德，是政治品德上具有较高修养的表现。

我们的国家需要一个安定团结的政治局面。然而人们的精神风貌，以及人民内部人与人之间的关系，例如上下级关系，党群关系，干群关系，如果缺少一个“诚”字，安定团结则只是一个良好的愿望罢了。热心“四化”的同志，要努力培养自己“诚”的美德，这也是对“四化”的贡献。

林彪、“四人帮”对我们国家和党的肌体的毒害甚广，仅“不说假话办不成大事”这一谬论，就是一发很毒的毒弹。“诚”为诈所代替，这种“史无前例”的“改造”，我们都曾目睹过、亲受过。现在毒根已拔除，但流毒还不能说已经肃清。小至待人接物，大至贯彻党的路线、方针、政策，由于“诚”字不足，直接危害我们的“四化”伟业。忠诚于党的事业的同志们，我们都要警惕呀！

愚公的诚意，曾经感动“上帝”，难道一个领导，一个党员，一个干部的诚意，不可以感动“上帝”吗？“诚则灵”，去掉它的迷信色彩，倒是一句实在话。

从短文发表的时间看，应是我成为党龄连续计算的中国共产党正式党员后写的一篇杂谈——质量不高，底气挺足。这要感谢党的十一届三中全会以及全会后“解放思想，实事求是，团结一致向前看”的时代氛围。

二是刊物“首发”。1980年夏以前，我没有在刊物上发过文字，我的刊物“首发”，是1980年第8期《朔方》发了一篇散文《难忘的高沙窝》。那是1980年6月写成，寄到《朔方》编辑部的，没想到8月5号出版的8月号就登出来。这篇散文表露了我回归党组织一个月左右的时候对过去苦难生涯、“左”的路线、群众的善良和保护等问题的认识和情感，也收录在这里：

难忘的高沙窝

王庆同

前不久，我的冤案平反了。办完了平反手续，乘车返回盐池。车过永宁、灵武，下一个“大”站就是盐池境内的高沙窝了。顾名思义，高沙窝是个沙窝窝，然而，在我的心田里却是一块带青的绿洲，一草一木，都联系着我终生难忘的经历。啊，高沙窝在望，抚今追昔，百感交集，我沉浸在回忆之中。

1966年9月下旬的一天，天低云暗，我从原单位被押送到已有“人满为患”的迁赶站。翌日清晨，匆匆“装车发运”，腰扎钢鞭、高挽袖子的“押运员”的押送、“中途不准停车”的命令，使得车队笼罩在一片恐怖之中。晌午过后，除了几个十来岁的娃娃裤裆一片尿迹之外，其余的人总算“平安无事”，到达了只有“押运员”预知的目的地——高沙窝公社。感谢公社的盛情，让我们到一个“大礼堂”去休息，比起银川迁赶站人们只能腿架腿、肩靠肩地坐在那里，这个“大礼堂”的确是天堂了。第二天晌午，各路奉命接人的驴拉车陆续到达后，我们分排站好队，由生产队同志在指定的一排人里头挑选。真没想到，我这个在“批臭”声浪中泡了几个月的人，此刻竟然“香”了起来：S生产队和另一个生产队的同志争着要我，最后来了个“饱的掺秕的”，把我这个年纪轻、无家属的“灵干”劳动力，让给S生产队，同时给他搭了一户几个生产队都不要的“拖累”户。我感到，生产队同志首先考虑的是创造物质财富的问题，对“头等大事”并非“念念不忘”。说实在的，那种妄图把全国城乡变成“集中营”和“株连九族”的罪恶行径，能给农民带来什么呢？因此，他们不欢迎。高沙窝给我的第一印象是比较温暖的。

S生产队位于高沙窝公社北部边缘，跨过一条地埂就是内蒙古辖区。从公社到S生产队有五十多里，沿途没有人烟。由于我走不动，同拉着“拖累”户的小车渐渐拉大了距离，只好一个人跟着车印驴踪摸索前进。暮色苍茫，孑然一身，沙丘连绵，何处是尽头？正当“山重水复疑无路”之际，突然一个炊烟袅袅的山村从天而降。啊！到“家”了。

“家”，当然是简陋的。一间远离居民点的破烂房子，窗户洞开，遍地鼠穴。用床单堵上窗子，啃了几嘴干粮，便准备睡觉了。突然，有人敲门，没等我下炕，人已进来了。他是本村的民办教师，听说我是知识分子，特来借书。我拿出挎包里几种必读书供他挑选，他说：“这个我有，你不敢借就算了。”摇摇头显出很失望的样子。临走时关照我“这个门一抬就开，你要当心”。他的来访带来一个信息：

我未来的处境或许不会太糟，最少不会视我如洪水猛兽。想到此，心中宽慰了些。不过，说我不敢借书是冤枉的，因为我的全部书籍早已到了废品收购站。

窗外狂风一阵紧似一阵，鬼哭狼嚎般地呼啸着；滚滚黄沙铺天盖地打进窗子，钻进屋内，被褥顿成黄色，打开手电连光柱也是黄的了。身临此境，枕边不觉湿了一片。细想又觉得太书生气了，干脆坐将起来，借着手电灯光，翻看偷藏在枕头里的练笔本，发现抄有宋代词《雨》（长相思）一首，遂改动几字，以明心迹：《风》（长相思）“一声声，一阵阵，窗外狂风窗里灯，何时诉冤情。梦难成，恨难平，莫道愁人不喜听，任它刮到明。”

秋天是收获的季节，我正赶上收割糜子。几百步长的地头，每人两沟糜子，社员们已经返回来了，我还没有割上去，越割腰越疼，咬紧牙头硬甩了一个来回，却筋疲力尽了。在这紧要关头，忽然发现我的领趟人换成了那位民办教师，我的“趟”也随着断断续续，由两沟变成一沟，有的地方干脆断了“趟”。我正纳闷，我的领趟人回过头来用手示意，让我就割这断续“趟”。我明白了，原来是那位民办教师不惜力气，不怕责难，悄悄来带我。收工的时候，我找了个机会，怀着感激的心情问他：“你为什么帮我呢？不怕……”，他坦然地接过话头：“过去在报上见过你的文章，我觉得你还很年轻，不会有什么大问题。

要不，也到不了这里，好好锻炼吧。”他的心地光明磊落，无可非议。看来，真正的马列主义，不在叫卖最响的“旗手”“顾问”手里，而在默默的山村里。

在那漫长的艰苦岁月中，我学会了碾米、磨面、做饭、捻线，学会了独立生活的本领。在这个山村里，春来秋去，我和社员们一起，手扶犁把迎接朝晖，肩背土块送落夕阳；在小拉车厢底下，在社员的热炕头上，躲避过冰雹、寒风的袭击，也领受过大胆的丫头把我让进家里，悄悄吃碗面，再塞给我一块羊油的同情。通过共同的劳动和生活，我的身份不再是“横扫”风刮来的一粒毒草籽，而是“滴水归大海”，山村慷慨地敞开大门接纳我为事实上的普通一员。这是当初“扫地出门”运动的策划者始料不及的。

乡亲们待我以诚，如甘露醇醪，抚慰了我精神上的创伤。我觉得，我又回到了母亲的怀抱。但是，生活的实际问题并没有解决，最突出的是我这个“灵干”劳力没人做饭，常常无法按时出工，家务占据了不少休息时间，我总是疲惫不堪。长此以往，能坚持吗？队上的干部置种种严厉的“内部指示”于不顾，决定派我和两位老汉去种园子。这使得我对高沙窝有进一步了解的机会。我发现，沙丘连绵只是她外貌的一部分，其实，她还有“塞上江南”的一面呢。我们的园子就是其中的一部分。春分刚过，田野里还是单一的土黄色，我们的园子却已春意盎然，枝头一片鹅黄嫩绿了。立秋以后，整个园子瓜豆遍地，果实累累。我和两位老汉既要种园子，又要提秤卖东西，难得片刻休息。然而精神都很好，因为这是我们的收获季节，苦中有甜哪。以前，孤室独居，难免有时还“痛定思痛”；如今，献身园子，无暇再作那种无谓的自我折磨了。

然而，园子也非世外桃源。两位老汉是生产队有名的老实疙瘩，他们一辈子与世无争，只知道“受苦”（劳动）。可是，他们对于“政治评分”“一抓就灵”的宣传也是忧心忡忡，着实为队上一二百口人的“吃肚子”问题犯愁。一天晚饭后，我们躺在地坑房子的房皮上乘凉，海阔天空地聊天。其中一位突然单刀直入地问我：“你是秀才，你说净好活了二流子，亏了老实人，这么下去谁还劳动？”我文不对题地答道：“小时念书，老师说按劳分配是社会主义的原则。”他不解地说：“我们不是早就社会主义了？”幸亏，这时一颗流星划空而过，我让他俩赶快欣赏这难得的景象，话题又回到“谈天说地”。我和他们朝夕相处，这是唯一的涉及“尖端问题”的谈话。尽管未能开怀畅谈，我却受到了鼓舞：农民厌恶那些“革命”言词下的机会主义的货色，不是一目了然吗。我更加坚信，生活底层的这股暖流，终将造就出一个万紫千红的春天来。

1975 年春，乌云密布的天空上，一缕灿烂的阳光勇敢地冲破封锁，给整个大地带来复苏的希望。我获得了第一次平反，总算拖着“尾巴”恢复公职了。临行那天，乡亲们送我到村头。

……

高沙窝！高沙窝！车上有人惊呼。我从辛酸而又自豪的回忆中清醒过来，车子已经从她身边驶过。路旁沙丘一掠而过，远处一两间孤独的房子总在视线之内，再加那迎面而来的驴拉车，都唤起了我种种幻觉，浮想联翩。我仿佛看到，S生产队的乡亲们手挽手，结成了铺天盖地的棉被，温暖着不幸的“孤儿”，使他们恢复信心，恢复勇气；我又仿佛看到，全国男女老少千千万万的乡亲们在招手致意，感谢他们在狂风恶浪中如中流砥柱，坚持实事求是，坚持革命的人道主义，为我们的国家民族保护、鼓舞了一批对“四化”并非无用、曾经是“无家可归”的人们。

我的脑海里泛起了金光闪闪的四个大字：人民万岁！

这篇散文是我彻底平反、解决党籍问题后写的第一篇散文，此后我又发表了不少大体属同一题材的散文，但认识水平、“情感水平”和文字表达的直白未能超越这篇“首发”。《难忘的高沙窝》所蕴含的认识、情感，今天来看对焉？错焉？抑或是半对半错焉？见仁见智在所难免。而我自己呢，四十一年前说“滴水归大海”，如今也说“江河有声，回归大海”。这当然不是肯定用错误甚至违法的方法把“一滴水”迁赶到沙漠里，而是说“一滴水”被迫置身于沙漠，得到一些农民及基层干部善待和一定程度的保护，犹如“一滴水归大海”。这个意思是清晰而明确的。

三是内部资料“首发”。那时我可以看到县上有关部门的内部资料。我在这些内部资料上“首发”的是一篇短信息，标题是《山区急需牛夹子》，署名是“青山公社王庆同”。当年笔记本上有草稿，全文如下：

山区相当一部分生产队已经实行包产到户包干到户，农业生产的实际耕作过程，由原来的生产队分散为各家各户的形式，对小农具的需要量骤增，需要的品种也有新的变化。例如，过去很少有人问津的牛夹（gā）子（牛耕地、拉车架在牛脖子上的那个弯木），现在需要的人就很多。有的社员因春耕在即，搞不到牛夹子，就偷砍集体林木。这里的两个大队，三天之内接连发生三起社员偷砍林木制牛夹（gā）子的事情。这些社员说：买不到牛夹子，实在没办法，只好干犯法的事情。供销社系统倘不能迅速解决山区牛夹子供应问题，偷砍林木的现象势必难以制止。

这个信息，当时的县计委的内部资料很快登了。没有留下原件，内部资料的名称和刊登日期无考。我的笔记本上也没有注写作日期。但从内容看，从笔记本前后文的日期推断，应是

1980年春写的。这种信息，我作为公社文书，可以不写，但对我彻底平反的批复已经下达，工作积极性提高，再加上前一年（1979年）因为统计年报做得好，县计委奖给我一台兼有长短波的半导体收音机。这在当时是重奖，我对县计委的内部资料也就有了回报的想法。

《说“诚”》《难忘的高沙窝》《山区急需牛夹子》，一篇杂谈，一篇散文，一篇短信息，都留在这里，不仅仅是留史料，更是留一个长期蒙冤的知识分子恢复政治生命后的积极心态和当时积极的社会环境。两个“积极”相叠加，可以看作反射时代五光十色的“一滴水”吧。

公社机关轶事

在青山公社院内，除了做文书的日常工作，还碰到几件有趣的轶事。

登台合唱《社会主义好》

大约是 1978 年年底，党的十一届三中全会闭幕不久，公社在刚建成的“大礼堂”举行迎接 1979 年元旦到来的文艺演出。所谓“大礼堂”，就是一个可以容纳几百人的大空间，在沙土地上铺了砖头，算是硬化了。有个小小的舞台，也是用砖头砌了个外圈，中间填沙土，沙土上面铺砖头。整个“大礼堂”的地，包括舞台的地，都是用砖头对接铺成的，没有用水泥勾缝。经人一踩就松动，高低不平，甚至把砖头踢起来。就这么个条件，那天晚上，台下人站了个七八成，台上则轮流上演附近生产队临时凑的合唱、快板、相声、秦腔等节目。十几个公社干部也上台清唱了一曲《社会主义好》。底下笑声、掌声混合成一片。此事的二十年后，我在《宁夏日报·西部周末》的“天成杯‘共和国之恋’征文”中，应征写了一篇文章，其中写道：

> 重新走上实质意义的舞台，是在党的十一届三中全会以后。那是一个砖头铺地的公社礼堂的小舞台，台下是几百名社员。我穿着大棉袄、厚棉裤，和同事们——公社的十几名干部，走上舞台，歌唱《社会主义好》，庆祝1979年元旦的到来。没有留下照片，不知当时的“尊容”如何，只是我的大女儿后来一说起那次演出，就笑个不停，说我简直扯着嗓子喊叫。现在想来，这也很自然。共和国走出十年“文化大革命”内乱，进入新的历史时期，怀有报国之心的人都有可能各展所长了，我如何能不“扯着嗓子喊叫”呢。（王庆同《祖国昌盛我“有戏”》，见《宁夏日报·西部周末》1999年8月27日第6版）

这个“大礼堂”给我留下深刻印象。2000年我回青山时，“大礼堂”还在，铺成了水泥地面，里面是用简易材料隔成大小不等的房间，门口挂着“青山乡党校”的牌子。我与乡机关当年的同事在“大礼堂”门口合影留念。2015年再回青山，“大礼堂”不在了，我到那块空地上转了转。好在记忆不会因载体消失而消失，“扯着嗓子喊叫”《社会主义好》，那段历史的记忆，刻骨铭心。

帮助修改中、高考练习作文

2021年2月，我收到朋友转来的一则微信，大意是：

×××先生今天给了我一本您的《我的宁夏时光》。说起您，我的脑海里立刻闪现出您当年……的笑容。出现了我请您给我修改高考前练习作文的情景。我进您的办公室，您正给您孩子忙着理发。理完了就给我看，看的认真，指导的细心。我的作文有一段，只用了一个句号，您说句子太长，改成了四句。四十三年过去，我记忆犹新。您当年为青山公社的中、高考学生辅导付出了心血。在此我代表青山公社当年的中、高考学生和父老乡亲谢谢您……

×××20210216

我记不得具体情形了，但这则微信说得很具体，那时公社街上没有理发店，我自己给孩子理发确有其事。我是大学生，公社的人大多知道，中、高考前有人拿练习作文来让我看看，提个意见或修改一下，应是有的。至于这样辅导的“量”有多大，没有记录，心中无底，惶恐不安。就在这时，一位看到此段文字的朋友传来微信说：“1977 至 1980 年为中、高考学生辅导，此事我有耳闻，因为有我同学在青山复习，得益于您的指导，此事属实。”

2019 年 5 月，当年的青山公社党委秘书李振荣到银川看病，我们约定我去医院看他。那天，我到医院后，互相通报健康状况，叙谈片刻，他从挎包里拿出三本厚厚的、封面上印着“北京大学”四个红字的油印装订本，封面左侧写着“中国文学史作品选（一）”“中国文学史作品选（二）”“中国文学史作品选（三）”，里面注明油印的日期是“一九五五年五月”。他说，这是他当年向我借的，用于自学；前些日子清理箱子发现，“还给你自己保存吧”。我笑说：“早已忘了，你是有心人。”

我当年顶着北京大学中文系新闻专业毕业的“学历牌子”，在青山公社当文书时，帮助拟参加中、高考者修改练习作文或对他们的练习作文做个点评；把我北大念书时得到的油印作品资料借给同事自学中国文学史，做这些小事，我责无旁贷。

那位朋友回忆我点评他高考前练习作文的微信，存在我的手机里；李秘书还我的三本中国文学史作品油印材料，躺在我的书橱里。我保存这些，意在感念青山人追求文化、敬重文化的品格，并希望他们代代相传。

开“水手扶”回家倒“甜水”

大约是1979年，公社有了第一辆手扶拖拉机，我学会了开那玩意儿——手扶是反向转弯，即你要左转就得捏右手的一个“手扎”，右转就得捏左手的一个“手扎”，很不习惯，我没少摔跤。公社所在地没有“甜水”井，为解决公社食堂的炊事用水问题，一直用骡子套架子车到十几里路外的方山拉“甜水”。有了手扶拖拉机，骡子退役，改用手扶拖拉机拉“甜水”。这个时候，我家已经从刘庄滩生产队搬到侯记河生产队，家中也需要“甜水”。公社拉水的侯师傅就在给公社食堂水窖倒“甜水”的时候“留一手”（不倒完，留一些“甜水”在水罐里），让公社干部轮流把“水手扶”开回家，把剩下的“甜水”倒在自家的水缸里。为此，我炼就一手过硬的手扶倒车本领，能把手扶倒进比车厢稍宽一点的院门，在不大的院子里倒来倒去，准确地把手扶水箱的倒水嘴对准伙房的门，把“甜水”倒入水桶里。手扶倒车比往前开更难，手臂力气要大，能把很重的车头自由摆动，脚上的刹车、手上的油门要配合自如……我看比现在驾校学员倒车进库还难。

这事儿当然属假公济私。好在“水平不高”，又是“轮流倒”，当时也就“混”过去了。如果那时公社印一些水票，倒“甜水”干部买水票、付水票，就没有今天的“往日遗憾”了。

“脱蛹几只新苍蝇，嗡嗡叫”

公社党委秘书李振荣那里有一些微妙的事情，如周总理逝世后，他那里有收缴上来的“战利品”——流传到公社的“非法手抄物”。一天，李秘书悄悄对我说，上头在追查一个叫“总理遗嘱”的东西，公社也发现几份，收了交上去了。他没说内容，我也不好问。我平反回银川后了解到，那是杭州汽轮机厂二十三岁工人李君旭编造的，里面无非说了“小平同志一年来各个方面工作都很好，今后，小平同志压力更大。但只要路线正确，什么困难都会克服的”等这些话，假托周总理遗嘱，在全国以手抄本的形式迅速流传，以至在偏僻的青山，也发现了几份，可见人心之向背。“四人帮”如临大敌，层层追查，把李君旭投入监狱，直到粉碎“四人帮”后一段时间，他才恢复自由。

还有一天夜晚，李秘书踱到我的办公室（兼卧室），同我探讨一首词里的一个字的意思。我当然也顺便看了那首词，只记得词牌是“满江红”，很有气势，大意是保卫周总理。那时，我们都只说那个字，对词的内容不置一词。

不管怎么说，当时我是看了这首词的，准确的时间记不清，应该是人们还不能大张旗鼓地悼念周总理逝世的时候。

为了写好这段回忆，我特地查了资料，找到这首“满江红”。

现全文抄录如下：

千古华土，脱蛹几只新苍蝇，嗡嗡叫。窃宝成精，自鸣得意。伟人光辉形象在，岂容小虫来下蛆。激起我满腔怒火，拍案起。

志同者，团结紧。捍卫咱，周总理。拿起火与铁，准备决战。岂任妖魔掀恶浪，摆开架势斗熊罴。揪出藏尾巴的恶狼，斗到底！

根据现在的资料，这是当时“四人帮”心腹搜得的“反动诗词”，曾密报姚文元……当时被列为全国范围收缴的“非法手抄物”之一。

偷看《第二次握手》手抄本

党的十一届三中全会前，中国思想解放的洪流逐渐汇集；党的十一届三中全会后，凝聚为“解放思想，实事求是，团结一致向前看”的共识。

在这个过程中，我有机会偷看了《第二次握手》手抄本。

这个手抄本，早在20世纪70年代初就出现在民间。流传到1975年的时候，惊动了姚文元，以“利用小说反党”的罪名把作者张扬逮捕入狱。但是，未能阻止手抄本私下继续流传。

我看到它的时候是党的十一届三中全会前或党的十一届三中全会召开时，还是公社党委李秘书借给我的。他说：“你可以慢慢看。”但我知道，这种手抄本可能还有人等着看，我说：“三天看完。”

手抄本有十六开书那么大，有现在《现代汉语词典》那么厚，字很好，抄在横写的公文纸上（不是方格纸），封面写着“第二次握手”几个大字，书名下面画了一颗心，已经叫人翻得有很多卷页（边角卷起来）。我在夜深人静时，以较快的速度“过”了一遍。此书写两位科学家之间曲折的爱情故事，写了人的感情世界、悲欢离合，写了周恩来对他们的关怀。这个故事，今天看来，平常极了。但是，对当时中国的知识界却有很强的吸引力，因为那个时候，文艺作品中的爱情几乎是荒漠，即使写爱情，也要让它有“高度”，谁要是写两性痴情，就是“小资产阶级的情调”。《第二次握手》的作者不怕戴上“小资产阶级的情调”的帽子，把爱情写得那么美丽、那么动人，就有人手抄之、流传之。

《第二次握手》当时是“非法手抄物”，它能流传到青山公社，说明思想解放的意识已经让很多人不怎么把“禁令”放在眼里。不过，我看这个手抄本的时候，张扬还在牢里蹲着。他是党的十一届三中全会以后，在胡耀邦的干预下才放出来的。后来书公开出版，买书的人在王府井新华书店门口排长队。

冰天雪地赶路看《少林寺》

党的十一届三中全会以后，农村突然刮起争看电影《少林寺》的旋风，那是群众对文化生活多样化需求的体现。

青山公社电影队没有争取到《少林寺》的拷贝，我和公社的其他干部是在冰天雪地里乘敞篷卡车，到七十多里外的大水坑镇看的。那一个多小时的电影情节和表演真是美妙极了。我们不断被老和尚、小和尚诙谐幽默的语言、动作逗得哈哈大笑，第一次看到的港式武打更让人大开眼界。公社干部在看过以后还津津有味地回想、评说。每当想起当年争看《少林寺》的情形，就忍不住想说，影视作品要有点吸引人的特质，或娱乐性，或趣味性，或接地气，或深刻有料……总之，要让观众听众喜欢看喜欢听，否则，多大的投入乘个零（观众、听众不喜欢看、不喜欢听），得数是零。这就是规律性吧。

抓赌抓游医

青山公社多数生产队事实上包产到户（1980年9月27日《中共中央印发〈关于进一步加强和完善农业生产责任制的几个问题〉的通知》）后，公社帮助生产队完善了一些规章制度。在旧的规章制度压力消除、新的规章制度还没有完全建立起来的交叉阶段，农村赌博流行起来，公社狠煞赌博之风。

一次，保卫干事老孙（孙德祥）、李秘书、我还有几位那天在家的公社干部，在公社党委书记侯堰的带领下深夜出去抓赌。大家钻进一个地窨子，发现里面遍地是屎和尿迹（进出地窨子很费事，耍赌的人大小便就在里面解决），臭气熏天，而耍赌的人可能听到风声，早一步溜走，地上的烟头还有火星子呢。没有抓到人，但震慑了耍赌的人。

老孙又得到情报：某生产队当夜支案子（开赌场），还有定边来的“大耍家”。还是我们那几个人半夜乘卡车去，离生产队还有三里地就下车（怕汽车响声惊动耍赌的人）。我们一行七八个人悄悄摸进村子（后来我们自嘲像“鬼子进村”），发现家家户户都安然睡着，也是无功而返。后来，老孙说人家听见汽车声了，把灯一吹，咱就啥也看不出来了。的确，没有看见人家屋里有灯光，也不好随便去扰民。

老孙有内线，也抓到过几次，训一训，吓一吓，都放了。

还有一次，公社得到情报：一个带刀子的定边“医生”正在几十里外的一户社员家纠缠，要强行认亲戚，强行看病，还想住一夜，有点欺人之意。保卫干事老孙带着半自动步枪，还有李秘书、我，立即骑自行车赶去。快到这户社员家，下起大雨。我们带着一身雨水，突然出现在那个“医生”面前。他着实吓了一跳，夺门而逃。我们分头追赶，最后把他从一个土崖下面找出来。我们三个人骑自行车从左、右、后三个方向押着他（他有自行车，也骑着），把他带回公社。当天晚上，让他睡在公社机关的一间空房子里——怕他跑掉，把他的内衣内裤都抱走，让他光身子睡，谅他也不敢光身子跑。第二天，派人把他押送到县公安局。后来听说县公安局对他没兴趣，把人放了。

那个时候我四十出头，与公社领导、同事一起抓赌抓游医，经受锻炼，尽力跟上，没有胆怯。

一次虚惊

一天，公社党委书记丁生兰突然神情严肃地到我的办公室，轻声说县公安局从一个逃犯身上搜出我们公社开的住店介绍信。我说叫我看看，他说我也没看见。我说总得说清是开的无头介绍信还是开给某个人的介绍信。过了一两天，丁书记说是开给一个社员的介绍信。我立即找出大队开的介绍信，他是拿着大队的介绍信来换公社介绍信的。后来，我找到那位社员，问他介绍信呢，他说不小心丢了，我说捅（dōng，当地土音）下乱子啦，叫一个逃犯拾上住店呢。他说不是有意给他的。我说以后小心点。

此事不了了之，我没有责任，丁书记也没有再提此事。住店要有公社一级的介绍信，是那时一度通行的规则。我的办法是凡到我这儿来开此种介绍信的，都要请他先到大队开介绍信，凭大队介绍信换公社的介绍信，我用一个专夹保存着大队的介绍信。这是我的小心，也是有的人说我“走路提不起土”的原因之一（走路小心当然提不起土）。这次“事故”，我要是拿不出大队的介绍信，至少要留个随便开公社介绍信的“话把”呢。

机关轶事是我的个人经历中较为具体的事情，都是些鸡毛蒜皮，但鸡毛蒜皮上也可能多少留有时代的痕迹，我让它们作为史料留下，或许有助于后人认识带有时代意义的点点滴滴。

郝记台杨成沟蹲点

我的家在郝记台大队的一个生产队，离公社机关有二十多里路，有时候我下班骑车回家，郝记台大队也就成为我作为公社文书蹲的一个“点”。因为是“兼顾”，实际上也没有干多少具体事，就是参加大小队干部会，有时与社员同吃同劳动，帮助大队修改上报的材料等。公社党委副书记侯学斗在郝记台大队“包点”（比蹲点要承担更多的责任），在后来写的回忆文章里说到我：

> 我对王庆同说，下队晚上要开会，白天要参加劳动，王庆同毫不犹豫地说，没关系，这几年别的没有练下，这两样还是有功夫的。
>
> 粗米淡饭就咸菜，蒙着头一气吃个饱，从不因为由“劳动改造”的人变成干部就挑挑拣拣，嫌这嫌那。在蹲点的

干部中他比我们都要长几岁，但干起活来从不示弱，不知情的人绝不会看出他是个大学生，而是一个实实在在的农民。

再往后，上面又强调公社守机关的干部（文书、秘书等）必须蹲点，并上报县委农村工作部备案，于是离公社机关只有几里路的青山大队杨成沟生产队正式成为我蹲的“点”。文书工作较忙，一周也就去一个半天，走一走看一看，晚上参加个社员会。有一次，队上有人到我处告生产队在开荒（那时严禁开荒），我找了个机会直接到生产队揭地的现场，觉得那地前年还在种，现在揭出来不算开荒，但同时发现揭地的人都走生墒（没揭过的地），我就在社员会上提出揭地要走熟墒（揭过的地），以利保墒，生产队长支持我的意见。第二天，我再到揭地现场看，都走熟墒了。

杨成沟有两道拦截沟泉水的土坝，自流灌溉105亩水地，条件是不错，但种的东西却是恹恹的。这年（1979年）春天，我到水地转了转，看见玉米“面黄肌瘦”，了解到水地玉米也只上化肥，就建议社员把大粪积攒起来上水地。那时，各家的猪打野满滩跑，到各家厕所——就是一个小小的土圈，没有门，人就在土圈的地上大小便——猪就随意把大粪吃了。我建议各家在土圈厕所里打一个开口很小的“深井”（用甘草锹挖），把屎拉在“深井”里，叫猪“闻着吃不着”。我自己在队长家的土圈厕所里打了一个“深井”，蹲在上面大便，做个示范。然后，在社员会上布置了这项工作任务。一周以后我再去，一看，队长家土圈厕所的“深井”没有增加大粪，各家土圈厕所则根本没有“深井”。我问生产队长咋回事，他说：“这地方人老几辈子不摆弄大粪，都说臭死了，叫猪吃了算了。”我一听，我脱离一个地方群众的习俗，不了解他们长期形成的观念。我是南方人，知道南方农民是摆弄大粪的，但这里是大西北，盐池还是半农半牧区，我的能力能够对抗“人老几辈子”的习俗和观念吗？我没有坚持自己的主张，事情不了了之。从理论上来说，我应该自己种上一点“大粪示范田”。但理论是理论，实际是实际，公社文书办公桌上一大摊文书工作等着我；连生产队长都不支持攒大粪，让我种“大粪示范田”只能是纸上谈兵。

搬到侯家河

我当公社文书常要熬夜加班，而卧糟（家）在几十里路外的郝记台大队刘庄滩生产队，吃喝都不方便。公社机关所在地的青山大队侯家河生产队因公社机关就在跟前，副业搞得好，分配较高（一个劳动日值，即十分工分分到的钱较多）；生产队土地也较好，各户分粮较多。社员和队干一条心，不轻易让外来户迁入——人多了，劳动日值和各家各户分到的粮就会相对降低——我管着全公社的户口迁出迁入手续，但没有大队开出的同意迁入的证明，我不能擅自办理户口迁入。都是农业户口的迁入，也不容易！一般人的户口迁入侯家河生产队，就像今天老百姓户口迁入北京那么难。

1978 年秋，我“走读”当公社文书已经两年多，公社党委书记、革委会主任侯堰同志看在眼里，他到侯家河生产队与队干商量，队干才同意我家属户口迁入。这个时候，侯堰同志对我说："帮架了（差不多了），你再等等。"没几天，我收到青山大队同意我家属户口全部迁入侯家河生产队的证明，我就自己给自己家属户口办了从刘庄滩生产队迁到侯家河生产队的手续：在全公社分生产队的户口簿上做个迁出迁入的记录。怎么回事呢？我一打听，原来侯书记亲自到侯家河生产队社员大会上讲话，说服社员同意把王庆同家属户口迁入。他讲文书工作的辛苦，要加班熬夜，家不在跟前有诸多不便。社员们终于一致同意王庆同家属户口迁入。

作为公社党政一把手的侯堰同志，到一个生产队社员大会上做工作，解决下属某人因工作而应该加以解决的一个具体的生活问题，很不简单啊！我体会到公社领导的关爱和跟前生产队社员的通情达理，也更安心工作，努力工作，以作回报。写到这里，想起不久前看到一个信息说，现在某些单位、地方留人难。我想，侯堰同志帮助我解决家属户口迁入侯家河生产队的事例，是否能为解决前述的留人难问题提供一点启示呢。你带着感情关心部属的生活问题，部属会带着感情回报你的关心。人都是有情感的，你"冷冰冰"，就别指望部属"热烈烈"。再说，侯堰同志的工作作风是较为民主的。他没有采取强迫命令的方式，要求青山大队必须解决这个问题，而是耐心地讲道理，把思想做通。对我呢，大队、生产队好像也不怕如果他们不同意迁入，我会在办各种手续时找他们的麻烦。他们也看透老王不是那种人。

户口迁入问题解决了，我在离公社机关较近的一个坡地上盖了五间房子，不算“窝严”（舒适、漂亮），也能“对凑”。平地起五间房子，真不容易啊。多亏亲戚、朋友帮忙（孩子们都很小，帮不上什么忙）。公社党委副书记郭文惠同志（不脱产的农民），主动跑来帮忙，五间房后墙上面墼子砌的那一部分，是郭书记一个人裹的泥。他站在脚手架上，手脚麻利，一个劲儿催底下捣泥的人：“快！快！”把墼子后墙裹得严严实实。从脚手架上下来，我请他喝口茶，他摆摆手笑着走了。郭文惠同志后来因病早逝，我十分悲痛。

搬家那天，我开公社的手扶回去，先把我家的草（自留地收的）装满车厢，把车厢铺得平平的、大大的，再把四个孩子［大的十三岁，小的六岁，均为我妻子与前夫（大队书记，在水利工地放炮，因炸药意外爆炸而牺牲）所生；我与妻子结婚后的两个孩子当时还没有出生］，放在草垛的中心，我开着手扶，小心翼翼地走了二十多里路，开到侯家河生产队的新家。路不好走，要翻越一个水沟，下坡、拐弯、上坡，都是土路，很窄，现在想起来有点儿后怕。一路平安无事，也从侧面说明我那时开手扶的技术是过硬的。就这个条件，不这么干没有别的办法。公社能把手扶借给我，也是给了我面子。

1976 年夏，公社有了一辆两轮摩托车（黄河牌），我在原供职单位下乡采访算是玩过那东西，成了公社“第一骑手”。公社的好几位年轻干部很快也学会了，而且技术超过我。公社保卫干事老孙骑着摩托车下乡办案，效率大增，见谁都夸“铁驴”管用。有一次，他骑“铁驴”追赶偷羊贼，那赶着羊跑的贼，哪能跑过“铁驴”。他把人、羊追回来，好高兴。还有一次我报统计年报，眼看到了截止日期快下班的时候，我发动摩托车，在砂石公路上放开跑了七十里路，赶县城机关（县统计局）下班前把年报交了上去。这辆摩托车给我们解决了不少问题。不过，我从来不骑摩托车回刘庄滩的家，因为那东西烧汽油，汽油是公家的。我只骑自行车回家。现在，家搬到侯家河生产队，从办公室到家不到一里路，连自行车也不骑了，经常是背个背斗边走边拾粪（牛、马粪），我背回去倒在自家猪圈里，给自留地攒粪。须知我家几个碎娃娃加一个老伴，挣不下队上的工分，自留地多打点粮食对我家来说至关重要。

老伴那时还年轻，一个人操心几个碎娃娃的吃喝拉撒，还要兼管一头猪、一群鸡、一只狗的吃喝。我家院门右侧是个猪圈，养着一头猪，一天三顿，她把洗锅碗水澄清下来的渣渣子，加上一点糠，搅拌一下，倒在猪圈的猪食盆里喂它。到年跟前“充”一“充”，把猪宰了才有肉吃。开春种自留地，把猪圈的粪起出来，上到自留地才能长出好庄稼。所以，在农村生活，如果不养猪（当然指汉族和其他不忌讳猪的民族），人就说“那人傻着呢”。

我和老伴不傻，门口养着一头大猪。一群鸡，它们白天跑到院门外草丛里找吃的，傍晚回来，老伴撒点玉米喂一喂，弄点水饮一饮，不怎么管它们，也都自己长大。至于狗，是农村的土狗，黄色，没名字，就叫狗狗。站院门口叫“狗狗回来”，它就回来吃点剩饭剩菜（没有狗粮）——平时在滩里自己找吃的。晚上让卧在院子里防贼。

我家附近不仅缺“甜水”，也缺“苦水”。附近有一眼井，水是“苦”的。水不大，天旱就没水，等急了的人下到井底用碗一碗一碗刮水。人们用“苦水”洗碗、洗菜，洗完还要澄清，用澄清沉淀下来的饭菜渣子喂猪。有一年春节快到了，我家西北方一户人家一个小男孩来我家院子玩，我老伴见他手背布满黑垢痂，就问他：“咋不洗手？”他说：“我妈说了，过年给我洗。”这可不是我编的故事，而是真的。在这样的地方，给孩子洗手是过年的礼物，现在城里人恐怕想象不出来吧。

1976 年夏秋，侯家河墒情不错，糜子、谷子出苗齐，碧绿的叶子迎风摆动，招人喜爱。太阳冒红前，一些老汉就三三两两蹲在地头，凝神端详带着露水的禾苗。他们或许在思摸这一茬庄稼能成吗？一茬庄稼，是一年的辛苦呀。数十年的生活，就是数十茬庄稼。没有种过地，没有与农民一起流过汗，没有同他们进行过心灵的沟通，就不知道一茬庄稼意味着什么。那时，身为公社文书的我，有时也到地头转转，每当我见到好多地头蹲着的老汉，就远远地绕过去，不忍心打扰他们，不愿惊醒他们的丰收梦。这一年（1976年），路线教育工作队的同志在青山公社蹲点，汗没少流，但是实事求是地说，这些处级干部除了凭借他们在原单位拥有的权力，给蹲点社、队批来一些钱、物，未能把社、队带到新天地。这一年，国家还是给青山调拨了不少救济粮、款，青山公社总体上还要吃回销粮，不少老汉的丰收梦未能圆。

三年多以后，1980年秋，各地包产到户盛行，青山农民动将起来，老汉们的丰收梦“变现”。我家呢，搬到侯家河已经一年多，生产队分给我家几亩地、一头牛犊，在次年（1981年）夏天我家收获了一茬包产到户的庄稼。

时代的大风大浪波及我家，打破了我原来按部就班地上班、拾粪，老伴喂娃娃、喂猪、喂鸡、喂狗的侯家河家的生活节奏，带给我们些许的不安、更多的兴奋。1980年9月，中央下发“75号文件”，即《中共中央印发〈关于进一步加强和完善农业生产责任制的几个问题〉的通知》，明确“在那些边远山区和贫困落后的地区”，应当支持群众包产到户、包干到户的要求，“并在一个较长时间内保持稳定”。我家开始了半年多的“小风小浪”生活：家庭稳定，但往后过日子的口粮从哪里弄有了不确定性——继续种包产到户的地从地里弄口粮，还是家属户口转为城市户口从粮库打平价口粮，反反复复不确定。我的工资是通货（钱币），但那时的平价口粮不是拿着通货（钱币）就能随意买回来的。

包产到户与我家的牛犊

1979年，在党的十一届三中全会“解放思想，实事求是，团结一致向前看”精神鼓舞下，各地媒体对农村形势迅速发展持积极态度。如《人民日报》1979年5月16日第1版头条以《分清主流与支流莫把“开头”当“过头”》为题，转载了《辽宁日报》范敬宜写的述评辽宁农村形势的报道《莫把“开头”当“过头”》，并发表编者按说：

三中全会确定的方针、政策，如尊重生产队自主权，在基层才刚刚开始贯彻，有些同志就叫嚷什么“强调自主权过头了”……还有一些领导同志，对三中全会确定的方针、政策本来持怀疑态度，甚至有抵触情绪，自己又不深入调查，看看群众和基层干部在想些什么，实际情况是怎样，一听到有人叫“过头了”，自己也跟着叫起来，或者把工作中出现一些属于支流的问题当作主流。这说明，一些同志的思想仍然处于僵化或半僵化状态……作为新闻工作者，要像《辽宁日报》记者范敬宜同志那样，多搞一些扎扎实实的调查，用事实来回答那些对三中全会精神有怀疑、有抵触的同志。

在这种形势下，青山公社一些生产队也动起来。到 1980 年春，有的分队，有的搞小组承包……只要不说是“包产到户”，不损坏公共财物，公社基本不管。这年 8 月，盐池县委任命我为青山公社党委委员、革委会副主任。一个月以后，即 9 月，《中共中央印发〈关于进一步加强和完善农业生产责任制的几个问题〉的通知》（即“75 号文件”）发布，通知说：“在那些边远山区和贫困落后的地区，长期‘吃粮靠返销，生产靠贷款，生活靠救济’的生产队，群众对集体经济丧失信心，因而要求包产到户的，应当支持群众的要求，可以包产到户，也可以包干到户，并在一个较长的时间内保持稳定。”青山公社干部讨论青山算不算文件说的“边远山区和贫困落后的地区”，讨论没有结果，也不会有结果，更不会有人来回答这个问题。农民不会等人来回答问题才动，而是名正言顺地搞起包产到户。我这厢副主任一上任就面对农村新形势，对我是个考验。

有的干部反映“文件一学，没法管了”，有的干部则实事求是地汇报农村的新气象和存在的问题。我的工作笔记本上留下这些时代风云：

1980.10.23. 各大队汇报

×× 大队 75 号文件一传达，移牧思想不稳定了。“决分的会计，上场的队长”，羊棚建设也停下来了。×× 队已固定养牲口，套起了犁，也喂得好。

×× 大队大部分人要包产到户。

×× 大队有人反映这才像个政策，但也有人说这不跟过一样了。有的干部说，文件一学，没法管了。

×× 大队 ×× 队不愿包产到户，怕受灾吃不上回销，不如把队划小一点。

1980.11.3. 公社三干会大会发言

×× 大队六个生产队已包产到户，羊只分户喂养，大牲畜包养到户。

×× 大队农业以组核算,羊只分到组,大牲口公有私养，并户使用。

×× 大队七个队包干到户，羊只分户喂养，大牲口分户喂养，并户使用。

1981.4.1. 月五制汇报

×× 汇报今年都走里墒。

××汇报党小组会流于形式。××队出纳短款1251元，林业没有人管理。分开的队缺羊圈门11付。×××短副业款700元。××队1979年前账目丢失（10年的账）。

××汇报××生产队从腊月到现在放树102棵，丢牛皮4张，丢铝丝200公斤。

××汇报××队学校没人做门窗，缺木头。

1981.4.7. 听汇报

××汇报××队账目乱，1980年还有400元分配未兑现，去年收入未上账的还有300元。1978年公社拉走五车灰，约570元，钱未收回，1980年卖给××队的大胶车500元，至今未收回。

××汇报××生产队去年套两对牛，两对骡子，今年套9对。×××生产队去年6对，今年8对。××生产队去年7对，今年9对。

1981.5.6. 听汇报

××汇报××队耍赌，定边来的大耍家，刮风下雨，××支赌抽头，一个油饼0.4元，一个鸡蛋0.2元，卖饭收一二百元。大队拖车开上找人耍。在××家，两天一夜，挣了钱。××的儿子蛋蛋是通信员，专门找人，走一趟五块钱。××把一块手表输给张瞎子。一两百人白天在××

家东边羊圈耍，晚上在 ×× 家耍。

以上记录的线索说明，包产（干）到户（组）后，牲口喂得好了，生产有了起色，春耕下地的牲口对数多了，开始走里墒了（表明农民关心土地的墒情了）。但也出现一些新问题，如有的队干和党团员的思想情绪和认识问题，护林问题，集体财产丢失问题，账目问题，过去未收款问题，分队后新增学校、羊圈的门问题，赌博问题，等等。

在这个节骨眼上，我明确表示支持包产到户，要帮助生产队健全规章制度，处理好新问题。

针对耍赌之风抬头，有的地方闹得不像话，公社党委书记侯堰带公社李秘书、我和保卫干事孙德祥等抓过几场赌，煞了煞赌风。

我的工作笔记本记载着，到 1980 年 11 月，即“75 号文件”发布两个月以后，全社由原来的 44 个生产队分队成为 82 个生产队，其中包产到户 36 个生产队，占 43.9%；包干到组 20 个生产队，占 24.39%；小段包工 17 个生产队，占 20.73%；包工包产联产计酬 9 个生产队，占 10.98%。其中，有的集体财产，如碾米机、磨面机、手扶等，包给或卖给个人，也有还由生产队经营的，情况不一。集体羊只，有的分到组放养，“三定一奖”；有的固定到户，分组管理。大牲畜，多半是公有私养，并户使用。集体林，有的是专人管理，工资制；集体提成，每人提交十斤粮食；义务工，每人每年一个；集体的债务，分到户逐年还。一般情况就是这样，但有差别，譬如集体提成，有的是每人二十斤，还有的是每人三十斤。落实情况差别更大，有的部分落实，有的一项也没落实，突出的是集体林，有的没人管，造成一定程度的损失。

1981 年春后，各生产队的包产（干）到户（组）等各种形式的生产责任制基本稳定下来，青山公社干部配合各大小队干部，为解决一些新问题，落实各项管理措施付出了大量心血。帮助各大小队初步建立新的规章制度，工作卓有成效。我参与了公社党委狠抓农村治安（包括农村学校及其附近的治安），帮助生产队处理遗留问题，进一步充实、完善规章制度等工作。农村秩序经过短暂的动荡后迅速稳定，转入有序发展。农民的生产积极性提高，农林牧业生产获得发展。总之，看到了风雨，也见证了晴朗，听到了时代前进的脚步声。我为几个月前明确表示支持包产到户感到高兴、欣慰。

时代前进的脚步声，不但从全公社各种形式的生产责任制基本稳定下来激发社员的生产积极性中听到，而且从我身边朋友生活状况的改变中听到。党的十一届三中全会以后，我对公社党委秘书李振荣同志有了更多了解。他的家原来在公社的一个生产队，过去，他在公社工作，还得回家种地，两头忙，日子过得紧巴巴。生产队包产到户后，他把家搬到公社附近，一边工作，一边当婆姨“参谋”，帮着办起养鸡场。他把生产队分给的地交别人去种，有收成，按平价匀点口粮；没收成，养鸡场的收入足可以买议价口粮。他按一张图纸，自己动手，做了一个孵鸡箱，把小鸡卖给想养鸡的社员，又以稍高的价格收洋鸡蛋。他的养鸡场孵出的洋鸡“儿子”销路更好（因为他以稍高的价格收洋鸡蛋）。他说：“这还不是一个样，鸡场的生意更好了。”我从县上回到侯家河收割包产到户后我家地里的庄稼，到他家吃饭，他炒了一大盘鸡蛋。他说：“快吃，吃完还有。”饭后，他又领我看刚从外地买来的蚯蚓，准备发展蚯蚓饲料，降低养鸡成本。他说，从外地报纸上看到有红壳鸡蛋，可惜没有人给详细介绍一下。从这一顿饭，我看到像李振荣那样的能人，在党的农村政策调整、城乡经济搞活后，施展了才能，发挥了潜力，日子过得风生水起。那真是一个好政策，影响了一大片，甚至全国的形势。我在《瞭望》周刊 1984 年第 6 期上发表的散文《盐池人》中举了两个例子，其中第二个例子“李秘书”发家致富，就是谈李振荣家庭生活变化。

1980 年 9 月，发布《中共中央印发〈关于进一步加强和完善农业生产责任制的几个问题〉的通知》（即“75 号文件”），1981 年 1 月 19 日，即三个多月后，青山公社党委会决定组成由公社党委书记、副书记，革委会主任、副主任任组长的四个下乡小组，分别带公社的三四名干部，各下两个大队，负责指导大队的工作，按那时通行的说法，就是“包点”两个大队，帮助解决农村生产管理形式发生变化后的各种问题，稳定形势，发展生产。党委会决定，公社干部三天以内的假组长批了就完事；三天以上的假，批条交公社，扣下乡补助。我任“青月组”组长，即青山大队、月儿泉大队下乡（包点）组长。可以看出，青山公社党委对农村包产（干）到户（组）后的农村工作头脑清晰，抓得很紧。总的说，管理到位，损失很小，收获很大。1981 年，青山公社粮油总产量均创历史新高，种植业总产值增长 55%（盐池县地方志编纂委员会《青山乡志》）。从全国来说，极大地调动了农民的生产积极性，保证城乡粮、油供应，逐步取消粮票、油票。

我在青山公社亲历农村改革的这一步，看到中国农村这场伟大变革的确是农民的创造。党中央对之采取放手、支持、引导、完善的政策，才实实在在地迈出了中国改革大业的第一步。

青山六年（1975—1981 年），对我家来说，影响最直接的大事是人民公社从以生产队为基本核算单位，过渡到包产（干）到户（组），正式文件称之为“家庭联产承包责任制”。

1978 年冬，我家从郝记台大队刘庄滩生产队搬到公社机关所在的青山大队侯家河生产队。一年多后，侯家河生产队分地分牲口（包产到户），分给我家几亩不错的地，还分了一头牛犊，让我家自己种地，“交够国家的，留够集体的，其余都是自己的”。1981 年春，我一边工作一边请公社拖拉机站帮忙，把分给我家的几亩地种上（老伴带着几个孩子，孩子都年幼，帮不上忙）。

没等到庄稼成熟，这年5月，我调任中共盐池县委宣传部副部长。秋天庄稼成熟时，我从县上回侯家河，请几位公社的年轻同事帮忙，把地收了、打了（记不清请了哪些人帮忙，只记得卢理肯定帮我收了糜子，在此致谢），给国家、集体交了该交的，把剩下的属于自己的粮食留在侯记河的家（比过去从生产队分到得多，究竟多多少，记不清了）。1982年春，家属户口“农转非”，我把生产队分给家属的几亩地退还生产队。生产队分给我家的那头牛犊呢，我始终没见着。当时生产队长对我说：“分你家一头牛犊，打在公社牛场里了，郭书记知道。”郭书记是不脱产的公社党委副书记郭文惠，他管公社牛场。随后我对郭书记说：“那头牛犊请你多操心，工钱饲料钱我出。”他说：“有我在，你放心，牛犊长大了给你，你家好种地。”结果呢，没等牛犊长大，我到了县上，家属也成了城市户口，我请郭书记把牛犊交还生产队，我也始终没见着那头牛犊。三十多年以后，2017年4月，我写了一篇短文《未曾谋面的牛犊，你在哪里》，做的是文人的文章，记的是包产到户后我家口粮来源的变化，蕴含时代前进的步伐。次年（2018年）纪念宁夏大学建校六十周年，在宁大新闻传播学院小范围师生座谈会上，我念了这篇短文，回顾我到宁大前的生活和工作情况；2020年10月，黄河出版传媒集团阳光出版社出版《我的宁夏时光》，我把它收进书中。这头牛犊曾归我家，后又退还生产队，一归一退里有时代的影子。回顾那段波澜壮阔的历史风雨，更感到党的十一届三中全会以后党的农村政策有眼光，十分英明。

鉴于我和我家亲历了农村“家庭联产承包责任制”改革，我在此后的一段时间里，以农村包产（干）到户（组）为背景，撰写了三篇散文，登在 1983 年 8 月 20 日《宁夏日报·六盘山》副刊，题《土地》；1991 年第 10 期《朔方》，题《“直美到心里”》；2001 年第 4 期《黄河文学》，题《青山六年》（第四部分）。背景相同，情节、因素不同，语言、结构更不同。文章平平，但我视为自己的珍宝——推动历史进步的事件，我亲历并进入其中多有感触，记忆深入头脑，我感到可以而且应该多写写，对那些道听途说、没有什么根据的事情，我不去浪费笔墨。

包产到户——“家庭联产承包责任制”，这个曾经躲躲闪闪，却被农民举双手欢迎的事物，到 1982 年初，终于被中央文件正式确认。这就是 1982 年 1 月，中共中央以一号文件批转 1981 年 12 月《全国农村工作会议纪要》。《纪要》指出：“目前实行的各种责任制，包括小段包工定额计酬，专业承包联产计酬，联产到劳，包产到户、到组，包干到户、到组，等等，都是社会主义集体经济的生产责任制。”中央一锤定音，为这段改革的历程画上令人信服的句号。

2001 年 9 月，我回盐池与当年青山公社的同事聚会，谈起二十年前的这些事，原公社党委书记丁生兰说了一句有分量的话：“不管怎么说，人家把吃饭问题给解决了。”继任的公社党委书记侯堰也说：“就是，吃肚子是个大事。”是的，20世纪80年代初，全国农村改革的伟大意义，在人们心中是抹不掉的。

现在，四十多年过去，物人皆非，丁书记、郭书记去世，曾经是我家的那头牛犊也早死了。农村脱贫致富，面貌大变。但那段历史仍时时敲打我的心扉，这是因为，如今一些领域的改革措施要想扎扎实实地落地，一步一步解决新问题，使之完善起来，产生良好效果，同样需要当年推行农村改革的坚定、韧性和智慧。那段历史，至今仍是进行唯物史观教育的好教材。

“青月组”组长与学习新知识

1981 年 1 月中旬，公社党委会决定组织四个下乡组，每个组负责帮助、指导两个大队包产（干）到户（组）后的各项工作（全公社共八个大队）。按当时通行的说法，就是到两个大队“包点”。确定我是“青月组”组长，负责帮助、指导青山大队、月儿泉大队的工作。这两个大队的党政班子都较强，我与他们一起经历了五个月的工作历程，留下难忘的记忆。

我还分管公社的林业，一周也就到月儿泉大队蹲一两天，召开干部会，转转生产队，传达公社的工作安排，解决一些具体问题。

我保存着一本“1981 年月儿泉大队工作笔记”，从 1 月 6 日记到 5 月 28 日，再往后是“宣传动态第 39 期”内容，说明我到县委宣传部工作了。就是说，我在青山工作的最后五个月（1981 年 1 月至 5 月）的“包点”主要在月儿泉大队。在工作笔记本上，我用“缺口标识”记录着这个大队九个生产队的基本情况：队干、党团员、五保户、困难户、民办教师、现役军人家属、复退军人、残疾军人、已有两胎的妇女等人的姓名，做到一目了然。从3月6日起，我开始转队，两个月转到了牛圈坑、张记圈、路记红庄、雷记沟、月儿泉南队、月儿泉北队、库团东队等生产队。工作笔记本记录着我在这些生产队社员会上讲话的要点、社员会上反映的情况和社员个别谈话涉及的问题，包括生产队的生产计划，各组各户包产，要水泥、草料，遗留财务，现实护林等重要一些的情况和问题，再就是社员迁入、欠生产队款、不交副业款、耍赌、砍树、卖牛纠纷，以及婆姨汉子打捶、五保户短脸盆缺水缸没水壶等问题，还有评救济粮救济款等事情。我要忙着帮队干处理这些问题，协调公社解决生产队提出的问题等。那时已不干文书，是专职的公社副主任，集中精力办这些事。工作笔记本上多次出现“回公社急办一、二、三……”“速办”第字样，“包点”工作的压力还是不小的。

据我的工作笔记本，2月25日，即1981年正月二十一日，再有两天就燎疳，年就过结了——召开月儿泉大队党员会（扩大队干）。到会党员二十人（全大队实有党员四十人，其中文化程度初中一人、小学三十五人、文盲二人），队干四人。我在预先谋划的这个会上讲了几个问题：一是“形势和潮流”，形势很好，潜伏一种危险，物价、通货、赤字。“三股潮流”，团结搞四化，健全社会主义民主和法制、发扬党的优良传统，加强和改善党的领导。二是“我社和大队的情况”，根据“75号文件”，把责任制稳定下来，否则谈不上安居乐业。现在人心稳定了，具备有计划、有步骤搞好生产的条件。困难不少，草料困难、生活困难、资金困难、生产和责任制管理方面的困难。少数害群之马造成的“三风”（赌博、迷信、铺张浪费）增加了困难。这是前进中的困难，咬紧牙关，做好工作，克服困难，发展生产。三是“今后的任务”，加强党的领导，活跃党、团组织的活动；落实生产责任制；落实护林；落实治保；落实备耕；纠正救济款平均主义；大队党支部委员负责向各队队干传达……这算是我这个组长对月儿泉大队1981年工作的一个安排，工作笔记本上有记录。

月儿泉大队有三十一名团员，但团支部几年不过组织生活。3月5日，生产还不是很忙，我请团支部书记把团员召到大队部过组织生活。来了十三人（名字都留在我的工作笔记本里）。我简单地讲了一下团章的要求，就请事先说好同来的一位公社女同事教团员唱歌。团员们倒高兴，有的甚至说下次还来。

我的工作笔记本“缺口标识”中的牛圈坑生产队一页，记着那里有位老红军叫田德。听说他起早贪黑放羊，性子耿直。有一天，我拜访他家，还住了一夜。觉得他保有劳动人民的本色，是个好党员。两年多后，我奉调到宁夏大学教书，用工余时间写了一篇散文《盐池人》（《瞭望》1984年第6期），其中写到那次访田德的情况：

有一位姓田的老红军。他是1936年盐池第一次解放时参加革命的，当过机枪手、迫击炮手、骑兵班长、排长、副连长，先后三次负伤，三次去延安见毛主席，是1940年入党的老党员。现在大、小队开党员会，他都按时参加，不迟到不早退……我终于到他家住了一夜，了解了他的一些具体情况。那时，他已经六十出头，孙子、孙女都已长大，家里不缺劳动力，国家对他还有照顾，可是，他还是起早贪黑给生产队放羊。我早听说他1954年从部队复员回乡以来，一直兢兢业业地劳动，从未向国家提过特殊照顾之类的要求。这天，我问他："老田啊，孙子都大了，国家也有照顾，还抱那根放羊棒干啥？""劳动为主，啥时都没错，挣着吃，比大事小事靠上头光彩。"他回答说。孙子接话茬说："我爷爷脾气犟，不让放羊就骂我们呢。"的确，老田的脾气是够犟的，老伴儿、孙子、孙女对他都是又怕又疼。有一年，因为草场不好，羊病蔓延，羊群受到损失。尽管老田早出晚归，羊还是不断死亡。一天，他正蹲在羊圈外伤心地哭，孙子怯生生地跑去叫他回家吃饭，他却要孙子帮他把病羊、乏羊抱回家去。孙子不敢违拗，帮他把十几只羊抱了回去。老伴儿嫌他把羊放在正房，弄了一屋子羊臊气，可也不好顶撞，只好帮他喂羊。晚上，他把老伴儿、孙子、孙女都打发到耳房睡，一个人睡在臊气冲鼻的正房，操心羊只。老伴儿劝说了几句，他不听，反说别人啰唆，大家再不吱声，让他按自己的心思去做。他就这样犟了一春，他的羊群不但比别的羊群少死许多羊，还有六十多只春羔奇迹般地出圈了。在广阔的盐池草原上，像老田这样的人，不是绝无仅有，当时就能数出几位。他们觉得生在盐池，长在盐池，在盐池踏踏实实做事情是顺理成章的。老田周围的人，没有人因为老田没有“文墨”未能“上去”而惋惜，也没有人认为他应该闹。大家赞他“劳动为主”，赞他自力更生。对于这些“劳动为主”的有功人员或困难户，公社审批救济粮救济款时，都有所关照，给多批一点。他们自力更生的行动，对所有人，包括握有审批权的公社领导班子，有一种精神上的激励，大家对他们怀有崇敬的心理。

还有另外一件事：一个生产队编制救济粮、救济款的花名册，看起来很认真，这家多一点，那家少一点，还同我商量，在社员会上过一过，我觉得符合上面的“不要平均发放”的指示精神。公社革委会会议批准了这个方案（花名册），我也高兴。后来，有一位社员偷偷告诉我，队上有两本账，公社批准的方案（花名册）是假账，队上还有一本按人头平均分的账，救济粮、救济款实际是按人头平分的。我被“点”上的队干骗了，感到悲哀，甚至气愤，但我很快冷静下来。社员和队干那么齐心地瞒了我，说明平均主义是他们内心所向往的。从根本上来说，不怨群众，只怪整个生产力水平低，碰到实际利益问题风格也没那么高，所以他们选择平均主义。为了减少麻烦，他们认为最好的办法是把蹲点干部哄一下。至于怎么哄，办法多着呢。我没有点破这层纸，只是以后对他们的花名册格外小心，对大队的干部打了个招呼，要他们也小心点。

月儿泉大队“包点”，还“碰”过另外一种“鼻”：一个生产队有一位女社员生了十四胎，住在生产队边上三间独立的土房子里。按当时的政策，是计划生育的“漏网户”，重点工作对象。我也想去看看她家，但并无恶意，只是去看一看。生产队对这家的生活暗中有所照顾，我未干涉。但每当我朝她家走，她就离家出走，如此再三再四，我想通了，不再朝她家走，让她过平静日子。后来，我对公社的同事说起此事，他们好像比我更早知道这户人家，只是笑一笑，也都没有要采取什么措施的意思。这个事（生十四胎），现在的人可能觉得不可能吧，但那时在农村是确有的。

我蹲点（包点），当然也不是处处、事事都“碰鼻”，但也确实“碰”了几次“鼻”（包括古峰庄蹲点那次“赶早”要求社员出集体工没弄成；杨成沟建议社员攒大粪不了了之），我都采取容忍（让步）的态度。因为我的理性告诉我，事情都有边界、来龙去脉，行事要瞻前顾后。至于个人的面子，算不了什么。无论当时还是现在，都可以说我责任心不强，那我就认了吧：从内心来说，我不愿与群众对立。多年以后，我写了一篇《蹲点碰鼻记》，简略记叙了几次“碰鼻”的概况（不包括见不着生十四胎女社员那次“碰鼻”），登在《朔方》1995年7月“散文专号”上，抒发“碰鼻也是人生必修课”的感慨，为几次蹲点中的“碰鼻”事件画了个句号。

月儿泉大队“包点”的事情已经过去几十年，现在作为“趣事”写出来，与朋友分享。我以为，那么具体的事儿让我碰上，烂在肚子里不如写出来留下。每个人都有理性，定能从我经历的“趣事”中得出正确的结论。

青山大队的大队部就在公社机关跟前，下乡“青月组”与青山大队互相联系很方便。下乡“青月组”在青山大队的工作常态与在月儿泉大队差不多，不同的是，在这儿处理了影响不小的公社小学学生造成的“治安事件”。

这年（1981年）3月18日，公社文教干事张××突然严肃地对我说：“本学期六年级学生沈××把五年级学生万××按在北队‘房壳廊’里，刀架在脖子上要钱，还不许哭。”根据我工作笔记本上的记录，他还谈到同伙有史××、石××；有名有姓地谈到四五年级十二位学生在路上、街上、看电影时，被这伙人抢走四角至一元钱不等；还有粮票、钢笔。有的就是直接从别人兜里拔走钢笔；有一次，李×去看电影，被沈××拿刀子拦住要钱，李×跑了，沈××就扬言“那个娃娃我以后碰见非杀了他不可”。

真没有想到，平日风平浪静的公社街上、路上、生产队“房壳廊”、放电影的地方，竟然有这样的事情。文教干事张××为什么突然对我谈这些事（我不分管公社文教）？我猜想，我是公社党委会确定的下乡“青月组”组长，青山小学不归我管，但发生在青山大队地盘上的治安事件该我管。另外，治安事件从业务上讲，归公社保卫干事孙德祥管，而孙德祥分在下乡“青月组”。我看事态严重，立即找到孙德祥通报情况。当天，我们找来犯事的沈××和他的同伙史××、石××。这些孩子十二三岁，别看对四五年级的学生凶，一进公社院子腿子就软了，特别是见着个子大、嗓门大的孙德祥（人称“孙大炮”，有时坐在公社院子里擦他的半自动步枪，进出公社院子的人都看得见），魂都没了，生的养的都交代了。从他们嘴里又牵出五个同伙。当天下午，都请到公社交代事情，我在采访本（工作笔记本）上记了十二页。综合起来看，这八个犯事的学生，犯事的地方包括生产队的“房壳廊”、放电影的地方、公社电影队院子、学校的库房、教师的办公室、大队部会议室、公社小卖部、某天停在小卖部门口的一辆汽车、公社邮电所、加工厂、木业社、石膏厂、卫生院、学校门口、路上……拿着刀抢的东西，主要是钱、粮票、钢笔，受害的主要是小学四五六年级的学生。偷的东西就多了，包括烟、鸡、笛、箫、煤、胶布、脸盆、大衣、花布、灯泡、木尺、被面、铅丝、军号、铅笔盒、订书机、松紧带、伤湿止痛膏，还有子弹（说是偷了在家里放着）。个别的还“抱女娃娃”（搂、抱女生）。他们的办法很多，譬如打耳光、揍一顿；故意割某学生身上的钥匙链，让人看他的刀子很快；把刀架在别人脖子上，故意问“你看我敢杀你吗”；写个条子，要哪些学生每学期交两角钱给他，威胁说“要是说出去就砍了你的头”；有的时候，几个人偷的东西多了，就分成几堆，抓蛋蛋子决定谁拿哪一堆。都说家里不知道，个别的交代说父亲知道，把他骂了一顿。东西都到哪儿去了？有的吃了、用了，有的放在家里，有的低价卖了——都说卖给走路的人了，不交代具体人。

这么严重的治安问题，3 月 18 日一天弄清楚，我和孙德祥心情沉重。第二天，我和孙德祥就在公社小饭厅改的、放了十几个长条木凳的会议室里召开座谈会。据我当天的工作笔记本记录，参加座谈会的有犯事孩子的家长九人（留有姓名）、在家的公社干事、青山小学教师代表、受害学生代表、公社下属各单位的负责人或代表，包括卫生院、粮库、邮电所、金融所、铁业社、学校、拖拉机站、电影队、畜牧站、石膏厂、供销社，还有青山大队干部，附近的六里洼南队北队、侯家河南队北队的四个生产队队长。来人把凳子坐满。讲话内容没有记录，我记得主要是孙德祥同志大嗓门通报了情况，说是从今天起再犯就送公安局。我主要讲家长负主要责任，孩子有异常表现，家长说不知道，没有一点知觉吗？至少也是不负责吧，今后再犯我们不找孩子找家长。

这次座谈会后，我打听了一下，都说乖了。我向公社党委会通报了情况。再后来，一位老人悄悄对我说:“你要小心点呢。”我说：“知道了。”事实是，两个多月后我调县委宣传部工作，就把这些事抛之脑后了。

文书工作的特点是杂，当了公社副主任后，某些方面的工作深度加深，就比较注意学习农林牧业专业方面的新知识、政策方面的新信息。对报刊上登的有关材料较为注意了，县上有关部门发的内部资料中的知识性东西，有的也抄在了本子上。1979 年及以前，我的工作笔记本上没有这类东西，1980 年 2 月特别是 8 月以后，这类东西较多。如 1980 年 2 月 7 日工作笔记本抄着“经营管理”，里面有子畜成活率、繁殖育成率、牲畜总增率、牲畜净增率的计算公式。8 月 28 日抄着“冬麦栽种技术”，里面谈到播前镇压分量要够，做到上虚下实，上虚切断毛细管，避免蒸发，下实接通毛细管，使地下水位上升，助种子发芽。8 月 30 日抄着“肥料元素”，里面记着每亩耕层按三十万斤土壤计算，每亩只有二点一斤到三斤氮可供吸收，经常处于危机状态，而一亩豆科作物可积累六斤到八斤氮，下面又记着轮作倒茬的谚语。1981 年 1 月 21 日有抄自《宁夏日报》的资料，“哪些是一二三类商品”。2 月 25 日记着姚依林在五届人大常委会上报告的几个数字，里面有 1980 年是新中国成立以来第二个产粮高产年，1980 年零售物价约比上年上涨 6%，主要原因是货币流通量增加，商品供应量未能相应增加。5 月 2 日记着抄自盐池县委《工作情况交流》的中央书记处讨论《关于保护森林，发展林业若干问题的决定》时书记处提出的以下意见，包括稳定林权；近期植树造林的重点放在有居民的丘陵地区和农业地区，而不是荒无人烟的偏远深山区；国营林场组织社员参加植树造林，要使他们获得切实的物质利益，今年内要落实；动员林区群众改烧煤和枝丫，不要烧好木材；发扬“愚公移山”精神，用二三十年时间在现有森林覆盖率 13% 的基础上，再增 13%。

我的学习状况，在 1980 年 10 月有了一个飞跃：我参加中央人民广播电台的广播大学经管专业的学习。每天下午六点半到七点，准时打开收音机，收听广播授课，并准备了一个笔记本，摘录央视广播大学寄来的讲义。我翻了一下，三十六开笔记本摘录了五十八页。听广播大学授课一直延续到我任盐池县委宣传部副部长，我和部里的一位干事每天都准时听广播授课，有时还交流心得。那时正值壮年，还有很强的学习欲望。

我大学学的是新闻专业，当时是农村基层干部，一个公社革委会的副职。我只有从实际出发，接受新知识，消化新信息，才能适应工作。当然，新闻专业打下的人文基础，使我这种“接受”“消化”得较快，并运用于工作中。所以，也不能说大学的专业学习都白费了。

回归党组织

在青山公社当文书，工作较忙，又有了家室，日子就过得飞快。

把家搬到侯记河生产队后，党的十一届三中全会的公报发表。我仔细学了，留下深刻印象。公报对平反冤假错案有明确的表述："只有坚决地平反假案，纠正错案，昭雪冤案，才能巩固党和人民的团结，维护党和毛泽东同志的崇高威信。"我鼓起勇气，于 1979 年 2 月写了党的十一届三中全会后唯一一次申诉，也是十几年来最后一次申诉。这份申诉要求很明确：退回日记、信件，恢复政治名誉等。大约两个月后，一天上午，宁夏日报社落实政策办公室鲁同志、杨同志来到青山公社。他们征得公社党委同意后，直接到我办公室，说是宁夏日报社党组派他们来核实材料。我不用翻任何书面资料，一个上午就讲清了事情原委。他们征求我对以后工作安排的意见，我说："我拖家带口，如果老婆、孩子不能一次都转为非农业户口，那就就地安置，我得帮着种地养家。”

这里回顾一下三年前（1976年）的三件事情。

一是当时在青山公社进行“路线教育”的工作队阎队长，一天晚上突然到我的办公室，坐在我的小炕上与我闲聊（我正在刻蜡版）。他似是无意地说了一句叫我难忘的话：“你写申诉没有？工作队可以给你转交。”我说：“过去劳动时写过，现在工作忙，没顾上写，以后再说吧。”我给敷衍过去了。工作队转交当然可以增加我申诉的分量，但那时正在进行“反击右倾翻案风”运动，我怕又碰在钉子上（这辈子碰的钉子不少了），没敢接茬。后来我平反回银川，教书退休后到宁夏广播电视报打工，当年的阎队长从那张报纸上多次见到“王庆同”的名字，就打电话进来，开口就问“你这个王庆同是当年在盐池青山的那个王庆同吗”，我们唤起记忆，作了愉快的交流。我随即到他家拜访，他对他夫人说“这就是王庆同”。他已经从自治区××厅厅长位置上退休，我们度过愉快的一个上午。

二是当年在青山公社进行“路线教育”的工作队孟队长（他接替阎同志当青山工作队队长），一天对公社党委书记丁生兰说，让王庆同到青山中学教书去，一个王庆同可以变多个王庆同。丁书记来征求我的意见，还让我到青山中学先去讲一堂课。我不好直接顶撞，做准备后去讲了一次（讲《愚公移山》那篇课文），据说反映还可以。然后丁书记又问此事，我就说“我讲话带着南方口音，不会说普通话，还是不去好”，正合他意，可能就以此回复孟队长，事情不了了之。我平反回到银川后，孟队长来过我家，相谈甚欢。他那时在银川南门外的干休所休养。他说：“叫你到青山中学教书，你还不去，你要去了，我就把你调到吴忠教书。”他在青山任“路线教育”工作队队长时是银南行署文教处处长。我说：“谢谢你的好意了，我那时还是怕言多有失，教书就言多呢。”

三是青山“路线教育”工作队庞副队长是盐池县委副书记，他对我这个公社文书的工作效率较为满意，对我家庭生活困难也比较关心。据说工作队内部会议上曾批评他只促生产不抓革命。我平反回到银川后，他打听到我的电话，我们恢复联系，我去拜访他。他已从自治区 ×× 馆馆长位置上退休，身体不太好。我们都感到往事不堪回首。

1976 年春，进驻盐池各公社的“路线教育”工作队总体执行“左”的路线，但工作队中的个人，有一些同志秉持实事求是的办事态度。上述三位同志对我的个人遭遇表示同情、关注，我至今难忘他们的友善情谊。

好了，回到我的最后申诉吧。我 1979 年 2 月的申诉，有党的十一届三中全会的公报撑腰，底气较足。报社鲁同志、杨同志走后几个月，1979 年 9 月、10 月间，接到县委组织部电话，说是原工作单位党组让我去银川看复查报告。这个复查报告的二稿是对我彻底平反，恢复政治名誉，恢复原工资级别，恢复团籍，恢复预备党员，并根据本人意愿就地安置工作。我在上面签了字。

这中间，也有两件事可以一记：一是我到银川后，报社人事处同志安排我住报社斜对面的新华饭店。我说："我没有那么多钱，住个小店算了。"人事处同志说："这个你不用管，报社给报销。"于是，我十几年来第一次住进了床单雪白的单间客房。在油坊梁劳动时，外出住店都住车马店，大炕通铺，自带铺盖。二是住下后，叫我看复查报告（一稿），我对上面个别地方有意见，希望报社慎重处理。人事处同志说："我们再研究，你等着。"第二天就拿出二稿，我签了字。人事处的同志说："你回青山，等待上级批复。"1980年春，自治区党委落实政策办公室批复，宁夏日报社党组的复查报告（二稿）得以立即执行。报社人事处将我的日记、信件退还给我；盐池县团委给我颁了《超龄离团纪念证》。

其间，党的十一届三中全会还没召开的时候，我还在青山公社当"有问题"的干部，我的老领导、《宁夏日报》的顾页同志就两次写信给我，勉励我"在农村做好事"，"一辈子为人民做好事"，"不要丢了写东西"。党的十一届三中全会以后，我的案子的复查报告（二稿）报上去还没有批下来，我的预备党员还没有恢复。顾页又写信提醒我"努力工作，不忘用一个党员标准严格要求自己”。随后他任《宁夏日报》代总编辑，专程到青山公社看我，给我鼓励。复查报告（二稿）批复下来后，我北大的同班同学、被打成“反党集团”“反革命集团”的黄××、胡××分别专程到青山看望我。他们都回报社编辑部工作，我根据自己的意愿留在青山。

就我个人而言，这是十几年“风雨”后的一次大“放晴”，可以说是风雨过后终放晴。

20世纪60年代初，七千人大会后，党强调调查研究，实事求是，发扬民主，制定一系列纠“左”政策的措施，并很快取得成效，人心大顺。我于此时经顾页、曾兴乾介绍，中共宁夏日报经济部支部大会讨论，宁夏日报社党委批准，成为中共预备党员（1962年3月）。这是我平生第一次参加中共支部大会。

1980年春，我恢复预备党员并括注“能否转为正式党员，由现在工作单位党委根据本人的具体表现，讨论决定”，这样，我迎来了又一次中共支部大会，讨论决定我能否转正，只是年轮转了十八圈——我等这个支部大会，等了十八年。

青山公社机关党支部是个大支部，成员包括公社干部中的党员，还包括公社卫生院、金融所、税务所、粮库、畜牧站、拖拉机站、供销社等单位的党员。1980年春开会那天，二十来号人把公社小会议室坐满了。支部书记、公社党委秘书李振荣同志先说："老王问题已经平反，恢复预备党员，现在按照上级党委的意见，由咱们支部讨论他能不能转正……"接着我汇报了这几年工作、思想、生活情况。大家你一言我一语，发言热烈，最后举手一致同意我按期转正。一周后，公社党委批准我转为中国共产党正式党员，并注明"党龄连续计算"，我成为有十七年党龄的党员。

公社党委书记侯堰同志向我表示祝贺，我表示感谢党组织的关爱和信任。

这么大的事就这样定下来。这是我人生中一次特大"放晴"。如果要让我就十八年来走过的路谈点感想，那就是人在任何时候都不要忘了初心，都要把握好自己。十八年来，特别是撤销"帽子"到青山公社当"有问题"干部的五年来，如果我破罐破摔，今天如何面对支部大会？如何能回归党组织？我不是说我多么好，我只是说，我按自己的信念活着，不负天，不愧地，做个老实人。

党籍问题解决后，我还任公社文书，但心态不一样了。原来，有人说我"走路提不起土"；现在，多少能提起一点"土"，至少走路不会"怕踏死蚂蚁"似的了，也能挺胸走大步了。一个重要的标志是《文书流水与"首发"》一文中提到的几个"首发"实现了——在报纸上"首发"一篇杂谈，在《朔方》上"首发"一篇散文，在县计委的内部资料上"首发"一则短信息。几个"首发"证明了我的"心态自信"。回归党组织，促成了"心态自信"。

我不但要求自己“做个老实人”，而且觉得自己是个正常人了。

解决党籍问题的过程，我一直没有以任何形式在社会上公开。二十一年后，在建党八十周年时（2001年），《朔方》文学月刊拟发一组“纪念建党八十周年特辑”，我有机会供稿，写了题为《“恢复预备党员资格”》的千字散文，发表在这年《朔方》第7期上，第一次公开等了十八年恢复预备党员并转正的过程。我在那篇千字文的结尾说：“朋友说你写点‘未来’吧。我说，‘未来’里有‘过去’的‘基因’呢。朋友是好心……让我们向前看的时候，不忘‘过去’的教训，保持理性。我想说的是，无论写‘过去’还是写‘未来’，要紧的是心态。”这又回到前面说的，“心态自信”很要紧。今年，建党一百周年，我重写那个过程。时间推移了二十年，我的回忆由一千字变成三千字，我的“心态自信”翻了一番还多。看来我也进步了。

新的考验与“续发”

回归党组织几个月后的1980年8月，盐池县委任命我为青山公社党委委员、革委会副主任，进入了公社的领导班子（那时公社党委不设常委）。这对我来说，是新的岗位、新的考验。

我首先向公社老同志学，特别是公社党委书记侯堰同志。他坚持党性原则，工作责任心强，深入实际、贴近群众、求实务实，是我身边的榜样。他有个小本子，记载着公社、各大队、各生产队，甚至某一块地、某一羊圈的基本情况、数据、故事。常年挎个包包，带一壶水，穿双布鞋，下乡入户，跟谁都能谝上几句。碰见放羊的、驮水的、打柴的，他朝沙蒿疙瘩上一坐，人就过去跟他扯磨。钢笔常年别在上衣兜里，有情况掏出来就记。他到麦地估产，找一个中等个的麦穗，数一数麦粒，咬一咬麦粒的硬度，再用他的“双步走”走一走地块长宽，单产、总产就心中有数，谁要哄他，没门。1980年秋，他带我到旺四滩大队估产，听完大队汇报，就直接到一块地看谷穗，一亩地打多少就心中有数。我看着齐胸的谷穗，咧着嘴喜的。公社党委秘书李振荣走在前面，按下了相机快门。这张照片三十多年后收进《中共盐池县历史图鉴》《青山乡志》，既是那年秋粮好收成的见证［有的队已经包产（干）到户（组）］，又是侯堰同志工作上对我“传帮带”，我向侯堰等公社老同志学习工作方法的一个记录。1981年春，公社党委副书记、革委（管委）主任高学明同志带社员从城郊公社向青山公社栽水泥电线杆，起早贪黑的苦干实干精神，令我钦佩。

向老同志学习，使我获得最实际最有效的学习机会。不但帮助我适应当时的工作需要，而且影响我以后的思想理念和做人做事的态度。为了做好工作，我还注意学习新的专业知识，消化政策信息（《“青月组”组长与学习新知识》一文已述，这里不赘述）。

公社党委分工让我分管林业——同时兼下乡“青月组”组长，下到青山大队、月儿泉大队帮助工作。我分管林业，一直分管到1981年5月2日。根据我的工作笔记，这天公社党委会开会，调整分工，我调整为分管生产（农牧）、计划、批出差经费条子。这个新分工只执行了二十多天，我就奉调到县委宣传部工作——林业专干老李给我一把修枝剪刀，但我的林木知识甚少，向他请教过一些专业知识。譬如，给树干刷白，生石灰水里要掺点硫黄粉、食盐，高度把握在一米二，止口要平整，每年秋天刷一次，可以防树病虫害，防树干冻裂，行道树还可以防被车辆撞坏、擦坏。

1980年入冬前，我请青山大队负责，把从高记圈到公社机关几里路的行道树按要求刷白。青山大队书记段连生、大队长魏长青非常配合，按时完成刷白工作。我后来听见县林业局的一位技术员说："青山行道树刷白做得好，为公社争光啦！"这个经验，我在大队干部会上讲过，请各大队把自己地域内的行道树也统一刷白。但实际执行状况差别很大，有的做得好一些，有的就没动。究其原因，上面没有相关的劳务政策，大队、生产队做了这事后没有奖励或付酬，影响他们积极性的发挥。

包产（干）到户（组）后，一个时期内，牲口基本没人管了，打野了，把公社通县城公路边的行道树啃了一些。一天，我和青山大队干部一起，带人把那些"野"牲口（主要是驴）赶到一个事先腾空的圈里，让各家各户的人来领——写个保证，以后不打野，就让他们把自家的"野"牲口领走。记得有一户耍赖，就是不来领牲口，大队只好把那头牲口喂了喂，不能叫饿坏了啊，等到第二天，主人熬不住了，来领了，我们也只是加重语气批评了几句，让他把牲口带走。这事儿有一定影响力，煞了煞全社牲口打野啃树之风。但长期效果实际有限，还是要靠各生产队包产（干）到户（组）后把各种规章制度（包括护林制度）建立起来，这是当时全公社一项重要的工作。保护林木问题在新的规章制度下得到妥善解决，那不是分管领导一人能解决的，更不是他一人的功劳。

护林工作主要是让各生产队配备护林员，解决护林员的报酬问题。公社未作统一规定，各生产队“八仙过海”，各有标准和办法。我的工作笔记本记着“1981.3.6. 晚，路记红庄社员会”的情况，其中一段“护林路 × 看林，0.2 元一天，1981.3.7.—1982.3.7. 一年为期，啃坏一株 3 元”，就是说，路 × 看林一年的报酬是 73 元，从第二天算起到明年这个日子，为期一年。“啃坏一株 3 元”是指他抓住啃坏一株树的牲口，罚牲口主人 3 元。社员会上大伙决定的，就没的说了。

工作笔记本记着“1981.4.17. 青山大队所在地四个生产队护林制度”：“45 元报酬，为期一年。负责公路边树戴眼镜、喷药。”“戴眼镜”就是剪枝后给茬口涂上白灰，点上红漆，防止水分蒸发。这个制度后面有个补充：“护林员尽量剪枝，剪不过来生产队协助。”他们的奖罚较明确：“抓住牲口一头，罚款 1 元，啃一树罚款 1 元。先要现钱，或本人打条，救济等公款扣回。生产队干部帮助护林员收钱收条子交大队，大队、公社协助处理。罚款大队统一管理，用于林业。别人赶出一头牲口，罚护林员 0.2 元；别人赶出牲口啃树一株，罚护林员 0.5 元；没有发现啃树一株，罚护林员 0.5 元。一季一检查，一发工资。负担：（生产队）每人一年上交 0.9 元作护林报酬。年终总结，护林好，给予适当奖励。赶出一群羊，奖护林员 1 元；别人赶出一群羊，罚护林员 2 元。丢树一株，及时追查，如系责任事故，找不到树，护林员酌情赔偿。”青山大队大队部所在地的四个生产队都有较多的公路行道树，大队出台这个制度较为严密，具有全局观，工作扎实。我下面记的“几件事情”，最后一件就是“出青山大队护林布告”，意为要帮助青山大队尽快张榜公布这个制度，让大家知晓、遵守。

实际情况当然不是都如这些例子那么“爽”。工作笔记本“1981.4.28. 月五制统计”，合计“护林员 35（人），有护林员队 42（个），没有护林员的队 40（个）”。就是说，忙乎几个月，全社护林员问题解决了一半多一点。从实际出发，实事求是地汇报、统计，大概就是这个样子；你要是施加压力，也可能立马会有“全解决”的汇报、统计。这是工作的辩证法。护林问题一定会“全解决”，只不过还需要一些时间。“保持历史耐心”之必要，由此可见。

当时还有一项重要任务，就是一些大的老林带需要及时翻耕，否则“老头树”会疯长。公社对此十分重视。我的工作笔记本“1981.5.1. 管委会”会议记录：“耕老林带验收后，每亩补助 1 元。”（那时公社革委会已改变为公社管委会）这个“土政策”非常有利于公社拖拉机站、大队拖拉机来翻耕老林带。青山公社“老头树”疯长得到预防。

在公社北部的乏牛坡沙窝一带，动员全公社力量统一造林，已经坚持多年。我作为公社文书也已参加了几年，以公社分管林业副主任的身份参加，则是 1981 年 4 月 10 日造林的那一次。

公社党委书记侯堰、革委会主任高学明挂帅，公社干部和中小学部分老师参加，各大队按公社下达的通知，派出劳力，带上树苗、干粮，由大队支书、大队长带队，浩浩荡荡开进乏牛坡植树。这天，我工作笔记本上记着全社的数字（分大队）：“社员合计 975 人，其中铡苗 115 人，加停课的学生 188 人，干部（老师）25 人，总计 1188 人。新栽 300 亩，补栽 500 亩，合计 800 亩。”下午三四点钟，侯堰、高学明带我、李振荣（公社党委秘书）、王志银（公社革委文书）、李建明（公社林业专干）等人，到划分给各大队的沙窝验收，完成任务才让回家。乏牛坡造林是青山公社那几年干实事的一个壮举，无论从哪方面来说都值得肯定。

在这段时间里，要说还有什么工作体会，那就是 1980 年夏秋之交，到同心县下马关公社参加银南行署组织的地区林业现场会。下马关公社党委书记周生贤介绍经验不用讲稿，说得头头是道，特别是领我们到农田防护林地头，对树高、风力、地块大小的关系的讲解，令与会者开眼界。我们这些分管林业的公社副主任（副书记）从未研究过这些关系，他却说得有板有眼。这让我体会到，农村干部一定要把自己变得比农民还内行，要懂得一些科学知识。不过，谁也没想到这位公社党委书记，二十年后成为国家林业局局长。

以上较为具体、详细地留下青山公社一段时间林业工作的史料，目的是昭示在共和国的一个特殊时期[包产（干）到户（组）

后一个较短的时间内］，农村的基层干部为保护林木作出巨大努力，使得包产（干）到户（组）后，农业、牧业生产得到大发展，林业管理在经历短时间的混乱后重上轨道，林木得到保护，林业得到发展。我作为那时分管林业的公社副主任经历的历史真实就是这样。

当青山公社革委会（管委会）副主任九个月，一边履职，一边写作，“续发”几篇文章（当文书时“首发”了几篇文章，故此处曰“续发”）。首先是发表在《盐池文艺》（盐池文化馆编印，内刊）1980 年第 2 期的一篇杂文《各人勤扫“门前雪”》（署名“王庆同”），大意是，有的同志“口称‘站在家门口，放眼全世界’，实际上连家门口的一点‘雪’都懒得打扫。人们期待着：这些以‘站’为特征的同志，在时代潮流的推动下，自觉地拿起‘扫帚’来打扫‘门前雪’……然而，由于熬出大雪纷飞的严冬还不久，门口尚‘积雪如山’，如果只是‘站在家门口’，那么，就是‘放眼全宇宙’也无济于事。拿起‘扫帚’来，勤勤恳恳打扫‘门前雪’，才是我们应该做的事情”。从《盐池文艺》上看不出刊物的印刷时间和出刊周期，估计此文是在 1980 年 8 月我任公社副主任以后写的，说明彻底平反后，我也敢去碰一碰敏感的杂文领域了。

接着是在《宁夏日报》上发表了四篇短文。《吃药要忌口》（《宁夏日报》1980 年 8 月 8 日第 1 版，署名“庆同”），中心意思是，“吃药”的同志（有缺点、错误的同志）不可我行我素，行动上要约束自己（忌口），否则，“吃药不忌口，苦了先生手”。《此恨绵绵终有期》（《宁夏日报》1980年8月20日第1版，署名“庆同”），中心意思是，不正之风终究不是“四化”伟业的“终身伴侣”，只要有决心、措施，“此恨绵绵终有期”。《量力而行与奋发图强》（《宁夏日报》1980年10月14日第2版，署名“庆同”），中心意思是，“有的农村干部谈‘奋发图强’气壮胆壮，谈‘量力而行’总还有些怯生生，舌头不展堂。有必要为‘量力而行’恢复名誉，为‘量力而行’者撑腰打气”。《谈改善管理》（《宁夏日报》1980年12月18日第2版，署名“晓汪”。“晓汪”是我早年任《宁夏日报》编辑时写的一篇杂文用的笔名），中心意思是，“有的同志把当前农村的‘活’看作‘乱’，这是不对的……在当前进一步加强和完善农业生产责任制工作的过程中，群众思想活跃，该保护该制止的东西都有，这对于领导干部来说……是个极好的锻炼机会，怎么可以因为怕‘刺’而不去抓呢”。

还写了一篇以油坊梁生活为背景的散文《山村雨景》，发表在《朔方》1981年第1期。

记载“续发”文章，是为了表明走出苦难阴影、恢复正常人精神状态，我是比较顺利、比较快的，我的“心态自信”这时已经比较稳定。这当然不是自诩我多么好，而是因为整个社会处于较宽松的状态，我们是从那个时代走过来的。

县城两年与“再发”

1981 年 5 月下旬，即当青山公社党委委员、革委会（管委会）副主任九个月以后，我调任盐池县委宣传部副部长。这时，我家连我有八个人：我，妻子，还有妻子与前夫生育的四个孩子，我与妻子结婚后生育的两个孩子。我获彻底平反后，只有我一人是非农业户口，他们七人都是农业户口。我调盐池县委宣传部工作前夕，县委一次批准三十多户、一百多个农业户口转为非农业户口，我家七个非农业户口在其中。我只身来到县委宣传部报到，正准备把家搬到县城，自治区派人下来纠正县委的做法，认为县委没有权力批这么多“农转非”（把农业户口转为非农业户口），已批的全部作废，要由银南地委常委会一户一户重新审批。于是，盐池县委报四户（共十九人，其中有我家七人）给地委，地委常委会于 1982 年 3 月 29 日批准这四户转为非农业户口，家属凭本可以到粮库打平价口粮，我才得以安心在县城工作。这是“县城两年”的大前提，是大事。不解决家属户口问题，我得回青山工作，一家子等着我帮他们种包产到户的地呢。不种地，七个人的口粮从哪里来？

此前某天，县委副书记夏青山火急火燎地到宣传部办公室问我：“你有海外关系吗？”我说：“没有。”他说：“有就说，有用处。”我说：“真的没有。”他走了。现在回想起来，他是想找我的海外关系，好给地委报我家属“农转非”的时候多一个理由。这里还要说到县委书记刘希忠和地委宣传部部长王钊。他们对我很关心，我后来知道，他们曾分别找地委的领导说明我的情况，请地委常委会研究盐池户口问题时，对我的家属户口“农转非”能“网开一面”。

盐池县委宣传部副部长，对我来说又是一个新的岗位、新的考验。我唯有听从组织安排，从头学起，好在组织上为我解除了后顾之忧（家属户口全部“农转非”）。我没有退路，唯有努力工作，回报组织关怀。县委宣传部只有我一个副部长，我的任务当然就是全力协助部长做好工作。

县委宣传部部长朱培根对我说：“请示县委分管领导同意，王部长你就分管党员教育、文化、宣传、新闻、对台办、精神文明建设。”他比我大三岁，我可能说了“您多帮助多指导，我尽力做好分管工作”之类的话。

我到宣传部报到不到一个月，县委决定派我到自治区党校学习一个月。就在我搭便车（卡车）去银川这天，要广播十一届六中全会通过的《关于建国以来党的若干历史问题的决议》全文，这次到自治区党校学习的就是这个《决议》。因此，我带着半导体收音机，在行驶的卡车上听到了《决议》全文。我感到这是一个极为重要的决议。

我第一次到自治区党校学习，学习生活紧张、有序。我们的班长是不久前平反的受“胡风反革命集团”案牵连的杭行（罗飞）。他主持班会交流学习心得，大家对《决议》运用唯物辩证法，实事求是地评价历史事件深表拥护。这次学习的“副产品”，是我认识了几乎所有的县委（市委、地委）宣传部副部长（有的是部长来学习，也认识了），还认识了自治区党委宣传部的几位处长，与其中一些人的友谊保持了很久很久……

学习期满后回到盐池，朱部长让我在各公社宣传干事会上对《决议》进行解读，并在一个月后嘱我起草一个了解各机关干部学习《决议》情况的测试卷，又作了一次闭卷测试。我把卷面上反映出来的问题综合起来，在各机关干部大会上讲评了一次。大会散会后，一位我不太熟悉的同志过来对我笑着说：“王部长，我就是你刚才说的答卷上错答 ×××× 问题的那个人，哈，哈。”我说：“记不得了。”我们握手告别。后来，这位同志与我交好。

各公社又举办党训班，学习《决议》。分管县委副书记夏青山听取各公社汇报，朱部长和我还有宣传部干事张吉生参加。

朱部长与我都作了简短的点评发言。

应该说，盐池县对《决议》的学习、宣传做得是较为认真的。

那时正开展“五讲四美三热爱”（五讲：讲文明、讲礼貌、讲卫生、讲秩序、讲道德；四美：心灵美、语言美、行为美、环境美；三热爱：热爱祖国、热爱社会主义、热爱中国共产党）活动，从上到下都是各级宣传部牵头，会同相关部门，具体指导、协调这个活动。盐池县于 1982 年春形成活动高潮，县委组织几个检查组到各单位检查，督促改正“脏、乱、差”。我兼着县精神文明建设办公室副主任一职（主任由县委副书记兼），工作笔记本“1982.4.5.”这天记着检查汇报会的情况。

王珍（王珍，盐池县县长）：今天检查卫生，商业十二个单位，多数单位领导重视，比上次检查有进步。好的，新时食堂、三八食堂、副食品公司门市部。第二门市部也有进步。供销社仓库、食品公司仓库、加工厂仓库较好，五金仓库、百货仓库较差。存在问题：被子没被套，城关镇南街旅店被子有虱子，还说“没办法”，态度不对头；百货、五金公司的保管认识差，领导有责任；上班前准备工作不及时，十点开门，九点半就应到；照相馆十一点还不开门，精神状态不对头。

地区韩处长（商业处）：大部分单位是好的。五金、百货公司看来没动，百货公司仓库没墙，院子脏乱，破纸箱、铁皮条子、垃圾满院，过时标语未清理。百货商店开门后才打扫灰尘，营业员上班聊天，不理人。食品加工厂塑料布盖食品，要立即改。街上果皮箱小，痰盂应有水，每天倒一次。要建立正常的工作制度与纪律。

×××（县商业局领导）：接受批评，都是事实，保证四月底前搞好。

当年（1982年）秋天，县委组织四个检查组检查，我的工作笔记本“1982.10.9. 检查汇报”页记着四个检查组汇报的较好事例和众多“脏、乱、差”情况，其中有一些是新的信息，如“幼儿园几百块玻璃，十几个教师给擦干净”；“医院没有拴牲口的地方”；“蔬菜门市部苍蝇特别多”；“县委外面墙角有瓜皮”……“夏青山：点名通报，广播；酱油醋的苍蝇问题应立即改正”（夏青山，盐池县委副书记）。

在这期间，朱部长几次带我上街一路走一路看，见大一点的门市部就进，好的不好的都看，有的当场表扬，或要求整改，或把情况带回来研究、汇报。对几次汇报会上的情况、领导讲话以及我们上街看到的加以整理的，写成“情况简报”，发在自己的“宣传工作动态”上，有的送县委办公室发在他们的“工作情况交流”上。这些“情况简报”文稿，有的是部里干事执笔，我编辑；有的我自己执笔。定稿后，我签上字交朱部长审定签发。

他审定签发后，立即打字、油印（县委宣传部有打字机、打字员、油印机）、装信封，送县委办公室，由两名通讯员骑自行车送各位县领导，县各部、委、局、办，工作效率是较高的。

在朱部长的支持下，1982 年春，召集县上文学爱好者成立县文学小组，邀请那时《宁夏日报》的文艺编辑姚承秀来讲过一次。对县上重点创作作品给予关注，组织座谈会，使作品精益求精。还带队参加银南地区首届文代会（1981 年 10 月 6 日），认识了朱红兵、杨森翔和许多银南文人。我的工作笔记本上留有“地区文联委员建议名单 31 人”，里面有“王庆同”，括注“盐池县委宣传部副部长，分管文化，地区文学协会会员，《朔方》发表散文三篇，富有生活气息”。

协调经费，帮助县广播站与有关公社协作，延伸有线广播线路。1981 年 11 月 28 日，召开盐池县宣传通讯工作会议（两天），布置工作，交流经验，确定各公社宣传干事，调整、充实通讯员队伍。此前详细记录盐池在《宁夏日报》上的报道，我的工作笔记本记录着 1981 年 7 月 16 日至 11 月 6 日，《宁夏日报》上关于盐池的二十七篇报道的日期、版次、标题、作者。在这次宣传通讯工作会议上予以通报，给予表扬、评述。次年（1982 年）初，向《宁夏日报》推荐先进通讯员，我的工作笔记本中有留底。他们是孙广贵、陈丕祥、孙荣、董祥、王志银、张树林、杨文举、郭功、郑宏伟、郭海燕、陈志鹏、周景珠、甄庆春、王小田。

那时《宁夏日报》有个“昨晚最后消息”栏目，晚十点半前电话传给报社总编室，报道当日最新消息。我的工作笔记本上记着电话号码“2431-40”，注明“晚十点半前打电话”。前四位数字是报社总机号，后两位数字是接听“昨晚最后消息”的分机号。记得帮助几位通讯员发过这种消息。2016年5月16日《宁夏日报·六盘山》副刊头条刊登了盐池老友郭可峻的散文《用盐池方言写作的浙江人》（指我），发现其中有一段提到此事，现转录于下，作为纪念。

早在我刚刚参加工作不久，开始给报刊、广播投稿的时候，有幸得到过王教授手把手地指点，使我终生难忘。我把给报刊、广播投稿当作生活中的乐事，坚持到今天。记得那是1981年6月初的事情，当时我在盐池县团委当干事，团县委组织全县青少年开展“五讲四美三热爱”活动，当天下午，活动一结束，我就写出了新闻稿，要在当晚九点前电话传给《宁夏日报》编辑部，争取第二天在“昨晚最后消息”一栏发表。当时团县委和宣传部都在县委四合院的东面一排，而且是隔壁办公。我写好稿件后，拿过去请教时任县委宣传部副部长的王庆同先生，先生非常认真地用铅笔在我用方格稿纸写成的稿件上，逐字逐句地修改、勾画，三百多字改成不到一百字，边改边给我讲解新闻五要素、导语、内容、结尾等。我又抄写好，等到晚上九点打通报社的电话，逐句读给那边的编辑记录。第二天下午，早早赶到邮电局不等邮递员分发完报刊，我就从《宁夏日报》头版找到了我写的消息……我把王教授帮我改过的底稿和报纸刊登消息的剪报，以及后来收到稿费的附言栏，一并贴在我的剪贴本上保存至今。后来我还多次被《中国青年报》《宁夏日报》、宁夏人民广播电台等媒体评为优秀通讯员。

对台办就是对台领导小组办公室。这个办公室从上到下都设在宣传部，盐池县的这个办公室主任由县委副书记兼，副主任由宣传部副部长王庆同兼，工作人员是宣传部的刘××。工作对象由上一级对台办提供，盐池县有二三十位工作对象，主要工作是关心他们的生活，帮助解决一些实际困难，在宣传报道上对这些人给予较多关注。我和刘××一起做了一些具体工作。

那段时间，分管宣传工作的县委副书记夏青山还带我到城郊公社一个大队蹲点，“解剖麻雀”，指导农村精神文明建设。农村实行家庭联产承包责任制后，精神文明建设的重要性突现出来。蹲点一周后，我们准备从蹲点的地方回县城，他本可以要车来接，却主动提议“咱们骑车回去”。当时我们都带着自行车（便于下队），我当然赞成。那时我四十五岁左右，精力还较充沛，骑着自行车，后面载重架上捎着简单的行李，天气晴朗，骑车兜风，很是快乐。夏青山副书记也很高兴，回县上后，让我起草一个调查报告，提出一些工作建议，他批转下发到各公社。

我一个人多次下乡。据我的工作笔记本记录，至少到过青山公社（1981.12.21—23、1982.2.23—25、1982.3.19、1982.12.7）、青山公社古峰庄、旺四滩（1981.12.23）、青山公社海子塘生产队（1982.3.13、1982.12.7）、青山公社猫头梁大队（1982.3.14）、青山公社郝记台学校（1982.3.16）、红井子大队（1982.1.11）、麻黄山公社（1982.1.12）、麻黄山公社扩大站（1982.1.13）、麻黄山东生产队（1982.1.13）、大水坑文化站（1982.8.11）、柳杨堡文化站（1982.8.15）、柳杨堡四墩子大队（1982.12.4）、王乐井公社（1982.12.5）、王乐井公社郑记堡子大队（1982.12.6）、王乐井公社石山子大队文化室（1982.12.6）、鸦儿沟公社（1983.2.1）等。在青山公社，听公社党委书记侯堰给公社机关党支部党训班讲党课（1981.12.21）；参加青山公社古峰庄大队—旺四滩大队党训班讨论（1981.12.23）；参加青山公社三干会，听三干会讨论的汇报、公社党委书记侯学斗的讲话（1982.2.23—25）；到青山公社海子塘生产队帮助生产队党小组建立组织生活制度，完善生产队文化室，制定乡规民约（海子塘生产队的经验是否在县委宣传部的“宣传工作动态”介绍过，我记不清了，工作笔记本上也无痕迹）。在王乐井公社，对机关干部讲国际国内形势，推动党报订阅（1982.12.5）。下到大水坑公社时，还到一位对台工作对象家拜访，了解他的生活状况，征求他的意见和建议（1982.8.11）。

那时，县委各部都没有配工作车（汽车，农工部有一辆小型客货两用车），干部下乡乘班车或搭便车，近处的就骑自行车。到公社后，向公社借自行车下队，有时公社也用手扶（公社也没有配工作车）送。公社都有宣传干事（有的公社由秘书、文书兼宣传干事，他们好多人我也认识），一般由宣传干事陪同下队，晚上回公社住，有时也住生产队社员或队干家。这些，对我都不成问题，“青山六年”锻炼好了的。

常下乡，帮助我了解基层的真实情况，有助于做好副部长工作，对我保持朝气、锐气也有好处。我终究与“土里刨食的人”混在一起十几年，我见到那些“土里吧唧”的人心中荡起一股温情。我当了“部长”，不能忘了他们。

当盐池县委宣传部副部长两年两个月，个人写作较以前多了一些。

《“开得起，等不起”》，发表于《宁夏日报》1982年2月14日第3版，批评开会迟到。

《火一样的热情》，发表于《宁夏日报》1982年6月20日第3版，学习《陈云经济思想文稿》的体会。

《北戴河行》，发表于《宁夏日报》1982年11月6日第3

版。这年秋，盐池县委指定我参加宁夏记协组织的北戴河疗养，我写了一篇游记。

《土生土长热气腾腾——盐池县新年农民业余文艺调演琐记》，发表于《宁夏日报》1983 年 1 月 24 日第 3 版。

《雪花飘锣鼓敲》，发表于《宁夏日报》1983 年 3 月 2 日第 2 版。盐池县计划生育宣传队到高沙窝公社冒雪演出，观众顶雪观看；到王乐井公社石山子北队演出，大受欢迎。

《在五保户家做客》，宁夏人民广播电台 1982 年 4 月 8 日播出。1982 年 3 月 14 日我到青山公社猫头梁大队作农村调查，看望了五保户陈万宝。晚上，正在大队部谈话，陈万宝一定要我再到他家做客，炒了一盘鸡蛋，详细述说包产到户后生产队对他老俩的照顾。

这些文字，有的属个人理念、际遇宣泄，有的是与工作有关的报道，或者说就是我的工作。在《宁夏日报》登出来，大伙受鼓舞呢。

还写了几篇文学作品：

《电影“院”即事》，散文，发表于《朔方》1981 年第 9 期。

《师生谊》，散文，发表于《朔方》1981 年第 11 期。

《碾房的灯光》，散文，发表于《朔方》1982 年第 1 期。

《草原上的笑声》，小说，发表于《朔方》1983 年第 2 期。

《我的第一批大字报》，散文，发表于《朔方》1983 年第 4 期。

《人民用心血哺育我成长》，散文，发表于《文苑》1982

年第 2 期。

《选“市长”》，小说，发表于《文苑》1982 年第 3 期。

《灯光》，散文，发表于《文苑》1983 年第 4 期。

评报：

《〈宁夏日报〉不应该出这样的差错》，发表于《新闻业务研究》1981 年第 5 期。批评《宁夏日报》一个“编者按”中把“准备工作先后就绪”写成“准备工作先后就续”。

《从一个窗口看到和想到的》，发表于《新闻业务研究》1983 年 9 月出版。评《宁夏日报》“昨晚最后消息”专栏。

我在当公社文书时（四年半），“首发”了三篇文章；当公社副主任时（九个月），“续发”了六篇文章。现在，当县委宣传部副部长（两年两个月），“再发”了十六篇文章，数量、品种比以前多了。特别是散文，1981 年在《朔方》连发三篇，1982 年第 1 期又发一篇，引起《朔方》资深编辑虞期湘的注意。她在《朔方》1982 年第 4 期发表《真挚朴实——评王庆同的散文》，随后介绍我加入宁夏作家协会。我们的友谊一直保持到今天。

在盐池县城两年，写作长进，与我的工作性质变化有关，更与我和过去的苦难阴影“渐行渐远”有关。我不是忘了苦难，而是我要向前走，必须超越苦难。精神上超越苦难才能奔向光明。苦难折磨我好多年，难道还要葬送在苦难里吗？不，我不会！随你怎么说，我不准备葬送自己。

1983年夏，即我四十七岁的时候，奉调到宁夏大学中文系参与筹办新闻专业，并在宁大教书。这就完成了一个圆周运动——“文化大革命”初期从银川“迁赶”出去，经过十七年曲折，彻底平反后回到原来的地方，岗位换了，专业没换——原来从事新闻实际工作，现在从事新闻教学工作，还在新闻专业圈里转。

但是，教书对我来说又是新的岗位、新的考验。幸遇时代的转折，三年三换岗位，过河卒子，往前拱吧。

· 附录一 ·

读王庆同的三本书后感

张学义

王庆同同志是 1966 年 9 月份从银川迁赶到我生产队的。当时，他们来到我队是两家，除了他，还有一个叫刘耀先的。刘在银川可能是修理工，不知犯了什么错，当时共来了六口人。王庆同是一个人。

来到我生产队已是晚上，他们在队长家吃了晚饭。随后给他们各找住处。刘的人多，当时我们跟前有荀家旧房，也大些，是三间，一明两暗，刘的人多就让刘住了。可老王一个人，西边有郭家旧房，也多年没人住，就把他打发去住。郭家旧房在一个沙窝里面，他一人住在那里，吃水、出入都不方便，可当时再也没有能住人的地方了，就让他住那边。

来的时候，刘家里能留一个人做饭，可老王一个人，没人给他做饭。第二天就让他们劳动，老王没人给做饭，只好用火盆做饭（实际是把灶火点着，把钢精饭盒或像饭盒的小钢精锅里放了米的水烧开，用灶火的余热焖饭，人就劳动去了，劳动回来，焖成啥吃啥）。火盆上做饭方便是方便，可他用火盆就不方便了。他做饭用的是饭盒。早晨起来，把火生着，饭盒放在火上，水、米一起下，他上工干活去，回来饭盒里的饭，有时是生的，有时是煳的。我记得有一次，他回来时饭盒里的饭全煳了，下面是黑黑一层，上面是烟串过的黄色。他没办法，就放水冲上吃。他现在的胃不好，我想就是那时生一顿、煳一顿吃的，把胃吃坏了。

当时他们来，正赶上秋收，他没有劳动过，割糜子、拔荞麦、挖山芋，他的手全是口子。十个指头全用胶布包起来，就像戴着手套一样。老王回忆他过去的苦，可真正的苦，他还没有写出来。住在沙窝，吃水要到很远的地方去担，烧柴要到好远的地方去背，劳动到晚一点的时候，就摸不着自己的家，每天晚上睡不好觉，早上要早起做饭，天亮就上工。那时生产队有这样的规定，宁让误在地里，不让误在家里。那时来迟了不行，像他宁要早到三分，不能迟到一秒。别的人来晚了，扣工分，可他来晚了，双罚，扣工分、挨斗。那时生产队也有积极分子，红卫兵，他们来迟了就不行。刘在我队待了不长时就走了，老王一住就是九年。这九年他承受了，我看了他写的三本书《岁月风雨》《边外九年》和最近的这本书《毕竟东流去》，他说了他在这里的苦，可真正的苦他没有写，不知是为什么。

他来时正在秋收，割糜子，他不会干，学着干，每人两沟（也就是两行）。谁割完，谁回家，而他不会割，常常是人家都回去了，他还在地里割。他割完回家，人家饭都吃罢了。他回去赶紧吃火盆饭盒里的饭，吃完还是老办法，水、米一起下，放在火盆上就走。你们想，这样的饭是什么样子？他吃了这样的饭，他的胃能好吗？当时他还年轻，要是现在马上就会生病。

1971 年双井子分了两个队，他到油坊梁的喂猪房住。那时还可以，因为他劳动了几年，干活是不成问题了。做饭有了锅台，每天早上起来，把一天的饭做好，每次回来吃一份，就是煮一顿，吃三顿。就这样，又是几年。

老王是个硬汉子，要是换给别人，不一定能活下来。那时的四清运动，不少干部和群众受到不应有的打击。

老王也是一个“吃水不忘挖井人”的人。1975 年离开油坊梁，一直和我们写信联系。20 世纪 90 年代回油坊梁，还给油坊梁的小学生买了本子和笔。我转交给小学生的时候，在本上面写下“好好学习，天天向上”，下面写下“王庆同爷爷赠”。这些孩子问我，王庆同爷爷是谁，现在在哪。我给他们说，他在宁夏大学，原来在我队劳动过，回去问你爷爷奶奶，连你爸都不知道。因为老王是 1975 年走的，这些娃娃的爸是 1971 年到 1973 年出生的，有的是 1976 年以后生的。

老王回油坊梁三次，前两次我都在家，和他一块儿照了相。2008 年他来，我不在家。他提前给我打电话，因我给人家放羊，没能回来，可我回来时听说他还去我门上看了看，我心里实在难受。我就说这个人和我有特别的关系，没能见到人还去看房子。

我和老王有点感情，因为我在他跟前学了不少知识、不少字、不少谜语。学谜语，他是我的老师。我在他跟前学的谜语，我都传给了后人。什么“左边不出头，右边不出头，不是不出头，就是不出头”，还有好多，我就不一一写了。

他在书上写我替他打牛的事，他当时也能把牛驯服，不要我替他驯，可在那个时候，我把牛打成啥样没关系，换成他就不行了。他要是把牛打得厉害了，会挨斗。他来后，还给他和刘定了“十不准”，要是把牛打了，就说他不爱护公共的牲口，要在社员会上斗他。

那时生产队有义务工，每年到了 11 月要去修路，他是其中一个。1967 年，他和我去四墩子挖石子。那个冬天也是雪下得早，冻得很。去四墩子，在人家刚盖的新房里住，没有窗门，地下放麦柴，上面把行李一铺，睡的时候冷得睡不下，起的时候冻得起不来。我们在那儿吃饭没有菜，也没米汤，就水泡米饭放点盐。最后生产队给我们带了三斤羊肉，这回可用上了。他给我们做的酱羊肉，我们顶菜吃了好长时间。在那儿没有什么娱乐活动，他的点子多，捡了三十二个石头，在石头上贴上纸，上面用红蓝笔写上“车”“马”“炮”，象棋就成了。我们下象棋。当时我不会，是他们下，教我，之后我学会了下棋。

总的来说，我在他跟前学了不少的文化知识。我从小没念过书，只上了两年小学，连第六册书都没有学过，十岁就跟父亲放羊，一天五工分。我买了《新华字典》，每天起来就在沙坝上学写。他来了以后，我当了记工员，他给我教了不少农村常用字，现在有些字我还用着，但有些还给了他。农村关于农活的常用字多，我一不会就去问他，他没有一次不耐烦，都教会我。这个人心好。我对他的印象多一些，每年冬天拉粪、春天耕地，总有他和我。

今年我走西安的时候，这个好心人还到火车站送我，给我买了好多吃的东西，给我教了出门的经验。途中还给我发短信，让我注意孩子，注意钱，使我难忘。

老王哥，我忘不了您，油坊梁和你一块儿劳动的人忘不了您，您也没有忘记我们。让我们的友谊长存。

2011年11月，写于鄂托克前旗

所有的人和事都不会随风而散

张　强

好日子自己会走过来

每年这个时候，人们都会热情期盼着非常临近的两个节日的到来，并亲切地称它们为“双节”，这就是国庆节和中秋节。而今年，国庆和中秋真的手牵着手走来了，并带来了“国庆八天假”这种喜出望外的好事情。居然比春节都多了一天啊，每个人都有大赚了一把的喜乐。

10 月 3 日，秋风爽意，我有了一个非常幸运而珍贵的出行：陪八十二岁的王庆同教授去吴忠市利通区和灵武市郝桥镇狼皮梁（团结村）西队，看望他 1966 年 9 月被迁赶到盐池边外“监督劳动”九年间结识的农民挚友郭登明、孙立义。

一天里，我看到几位老人相见甚欢，节制感情，回首往事，感怀今世，互相鼓励，依依不舍。

1983年10月3日，我到宁夏大学中文系新闻专业报到，当天晚饭后黄昏时分，王庆同老师来宿舍看望我们。这是我们第一次看到敬爱的王老师。这一年，他四十七岁，刚刚抖落掉身上的盐池大地泥土，要站在宁夏培养首届新闻专业学生的讲台上了。从我们二十岁起，王庆同老师的经历和精神，成为我们最好的教科书，我们已经读了三十四年，我们还要继续品读下去。

10月3日，我会铭记这个美好而值得纪念的日子。

今天是你的生日我的祖国，清晨我放飞一群白鸽，为你衔来一枚橄榄叶，鸽子在风风雨雨中飞过。人民安心和幸福，是国家最好的呈献与表达。从每一个人的表情里，能找出国家的兴盛和强健。王庆同的苦难经历和隐忍乐观，郭登明、孙立义的真情大义与积善成德，三位老人的传奇交往，有读不完的百姓情结和中国精神。

长假八天，共享欢乐；寂静时光，品味芬芳。请跟我来！

跨越半个世纪的友谊 1

1958年夏季，王庆同与志向、情趣相投的北大同学“二三子”，毕业前相约一同到宁夏（宁夏当年成立自治区，要的人多，大家分在一起的可能性大）。二十二岁的他，不征求父母、哥姐的意见，不考虑回家乡江浙一带工作的可能，最终如愿以偿分配到举目无亲的宁夏，在《宁夏日报》当起了编辑，在新闻岗位上完整地工作了五年。

1963 年夏季起，如同中国任何一个较大规模的单位，总会为一些人罗列各种问题，甚至是莫须有的罪名，迫使他们日子开始不好过，直至人身不得自由。王庆同被通知到机关农场劳动，要求一遍一遍地“挤”身上的问题。1964 年夏，在单位礼堂召开的一个大会上，突然宣布说单位有个“反党集团”，定王庆同是其“成员”。接着就是在农场里无休止的交代、劳动、改造。直到 1966 年 9 月 23 日，被戴上“反革命分子”的帽子，完成了“滚”出银川的程序，王庆同被“迁赶”到离银川二百里外的盐池县高沙窝公社苏步井大队双井子（油坊梁）生产队，俗称“边外”，在那里“监督劳动改造”长达九年。

1975 年 5 月，王庆同从“边外”奉命赶到盐池县城，组织对他宣布“撤销反革命帽子，恢复公职”，并安置到盐池县青山公社工作。1980 年春，经上级批复同意的原单位党组宣布，撤销十六年前定的“反党集团”案，给予彻底平反，恢复政治名誉，恢复团籍，恢复预备党员，并在青山公社转为正式党员，党龄连续计算。

1981 年 5 月，王庆同被调任盐池县委宣传部副部长。1983 年 7 月，四十七岁的王庆同被选调到宁夏大学，参与创办新闻专业，离开了劳动和工作十七年的盐池。

从 1983 年进入宁夏大学到 1996 年 12 月退休，十三年间他把全部的精力投入到教书育人，参与培养了数百名新闻学子，学生们永远铭记这位不知疲倦、呕心沥血的好老师。如今，八十二岁的王庆同教授依然思维敏捷，积极乐观，笔耕不辍。

跨越半个世纪的友谊 2

王庆同在盐池“边外”被“监督劳动”的九年，正值三十至三十九岁人生最好的年华。他还是单身，孤身一人被“迁赶”而来，在这里结交了许多农民朋友，得到了很多人的关照，学会了许多新的技能，包括耕、种、收、打（打场）、背（背柴、背羊）、碾（碾米）、焖（焖干饭）、挤（挤牛奶）、宰（宰猪、宰羊）、剥（剥羊皮）等。

一个戴着“帽子”的知识分子，被抛弃在最底层的偏远山村，熬过了九年，这是什么力量在支撑着？王庆同说，胼手胝足者给我以援助，相信人生终会有转机，也想不让浙江老家的亲人们受拖累。

留在心灵上的伤痕当然不会挥之即去。王庆同说，不能说那段生活没有收获，也确实有人有恩于我，“滴水之恩，涌泉相报”，向那些真情朋友表达感恩，是我这辈子永恒的主题；我留恋那里的真情朋友，却不留恋那里的“六味”（酸、甜、苦、辣、咸、耻）生活；我希望并且相信，那个“极‘左’的理论”永远被埋葬，而朋友们的真情能永驻我心间；愿人世间高尚的人道精神和善良的人性品格薪火相传，延及子孙。

跨越半个世纪的友谊 3

让王庆同教授“永驻心间”的真情朋友，当属双井子（油坊梁）的农民朋友，其中“患难之交”分别是小他几岁的郭登明和孙立义。

请看王庆同教授在他的著作《毕竟东流去》中对郭登明的记忆。

> 郭登明，圆圆的脸，两腮微红，比我小几岁，一看是个实在人。他家就在我那个烂家的北边，翻过沙丘就是，是我唯一的近邻。
>
> 刚到生产队时，我几乎什么都从他家拿。没有水，连桶带水都从他家提，而他们的水是用驴从远处驮来的；没有粮，我提着口袋从他们家借；没有菜，吃饭时甜吃，他知道了让我用牙缸从他家装了一些酸菜、蔓菁，甚至没有柴，没有扫炕的笤帚，都是从他家拿的。头几天割糜子没有镰刀，我用他的备用刀；没有磨石磨刀，用他背的磨石。每天出工他到门口叫我一起走，收工他和我一路，先到我家门口，

不忘进来看一看，教一教。总之，刚开始的时候，没有郭登明的帮助，我过不来。

我住进“郭家老房”第二天一早，从他家借了黄米，他过来教我怎么撇米汤，怎么焖饭。告诉我，一天把在八九两粮的标准吃，因为以后队上能够分给我的粮食就这个标准。八九两是多少呢？他用我带的碗舀了大半碗说就这些。又教我一天焖一次饭，一次把全天的都焖好，分成三牙子，早中晚收工回来各吃一牙子。他说，没有人给你做饭，只有这样才能赶上出工：队上留给社员吃饭的时间很紧呀。他为我想得十分周到。

我一到生产队就碰上全年劳动强度最大的秋收。割糜子，一人两沟，“狗撵狼”，一个跟一个割上去。我用力、使刀都不得法，费九牛二虎之力，还是跟不上前面的人，而我后面的人却不等我，唰、唰、唰地抢了上去。偌大一块地，就我一个人的两行糜子割不完，我恨不得有个地洞钻进去。这时候，会有几个好心人过来接趟，帮我收拾残局，郭登明是其中的一位。在大家的劳动强度都已经很大的情况下，还来帮我，是同情心使然。郭登明比较耐心，不但为我接趟，还教我弯腰、后肘抬高、茬子压低、揽把出刀快等要领。一半个月后我能够渐入套数，全仗他教授。

秋收一个多月，给我一个下马威。天天收工回家走路都一摇一晃，疲惫不堪。匆匆吃完锅里的剩饭，上炕就躺下。

腰酸背疼，无以复加。我咬牙挺过来。郭登明是帮我挺过难关的第一人。那时候我喊天天不应，呼地地不灵，只有郭登明助我一臂之力。

头一年秋收，郭登明与我一起出工，一起回家，于是队上有人说：郭登明与分子胛子靠胛子。言外之意是他没有同“分子”划清界限。郭登明知道后，仗着他是贫下中农的政治优势，拧着脖子抗争说：他不会干活，我教他，胛子靠胛子又能把我咋的！

后来，郭登明当了生产队保管。凡我去库房打决分粮，只要周围没人，他就让秤翘得站也站不住，少说一秤多出五六斤。他说你拿上，“罢”说。我背上就走。这事儿，他是担风险帮我。

那地方天一凉，早晚温差特大。一天，我感冒了，挺厉害。郭登明把我接到他家的热炕上，他老妈给我熬一碗姜汤喝了，捂上被子出汗。她还一手拿一把菜刀，一手拿用头巾裹着的一碗黄米，在我头上摇来晃去，口里念念有词，然后，用菜刀背在炕沿上咣、咣敲两下，说几句我听不懂的话，打开头巾从那碗米里捏几粒米朝一个方向撒出去，说是给我“送一送”。我竟有点昏昏然，在她“送”后睡着了，第二天轻松了许多。郭登明一家把我当自己人了。

跨越半个世纪的友谊 4

10 月 3 日，孙立义一大早就在家门口伫立，等待王庆同教授到来。等候期间，他先后打了四次未接电话，王庆同因车行嗓音没听见。一见面，孙立义抓住王庆同的手说：“我怕把你走丢了。”

王庆同教授在他的《毕竟东流去》中，对孙立义的部分描写。

孙立义比我小几岁，大手大脚，是个勤快、老实人。

我与孙立义交往密切起来，在我搬到生产队废弃的“喂猪房”以后。这个“喂猪房”在居民点，孙立义家也在居民点，离我家不远。

晚上，他常来我家闲谝。朝热炕上盘腿一坐，掏出烟袋，撕个两指宽的纸条，捏上一撮烟叶，熟练地拧成一棒烟递给我。他再给自己拧一棒叼嘴里。我们抽着自制的卷烟，乱谝起来。他常谝先人留下的“人要行善”的故事，也说他自己碰到过的事情。他说，“大跃进”时，他是民兵，背着一杆破枪，队上叫他押一个“投机倒把分子”（估计是私自到队上收购什么东西的人）到公社去。一路上，那个人不停地说家里还有老人、老婆、娃娃，到公社就要转到县公安局，那就惨了，等等。孙立义听着听着对他说：你还不拉屎去，快喀（去）！那人听了先是一愣，随即朝沙蒿背后走去。孙立义坐在原地抽烟，抽够了，人没了，故意大喊大叫一阵，朝反方向追了一段，然后，回生产队报告说不小心人跑了。两年以后，他到银川办事，在汽车站见到一个人，一把拉住他叫老弟，硬拽着他到饭馆吃了一顿饭——那是“低标准”的时候——分手的时候人家也没说啥。他想来想去，像是被他放跑的那个人。这个故事，孙立义对我讲过两次。他深信自己与别人没有仇，干吗不能做点善事。

开头一两年，我对沙丘、荒滩地形的识记能力不如一个土生土长十来岁的娃娃。我到滩里打柴（沙蒿柴）、掏猫头刺（一种火力很旺的柴），过几天再去拉，找不到原来的窝窝，白打了。孙立义知道后，让他十来岁的女儿女羔跟我去打柴，下次拉柴女羔能准确无误地把驴拉车引到原来的窝窝……女羔现在长大了，嫁到川区，有了娃娃。她带着丈夫、娃娃于20世纪90年代来过我银川的家。回忆起她领我打柴的情景，都不胜感慨。

秋收时，孙立义帮我接趟。特别是拔麦了（旱地麦子根浅，为多收麦草，收麦子用手拔不用镰刀割），我的手满是口子，一捏麦秆钻心疼，我是咬紧牙关才拔了一趟又一趟，但拔的速度总是越来越慢。这时候，孙立义往往从那头拔过来接趟。

有一年夏天，到一块离生产队很远的地锄草。早上吃了一点自己做的粳糕（用队上分的软黄米磨成面蒸的）。因为急着出工，没怎么熟就吃了，结果，锄地中间肚子疼。收工往回走时，疼得更厉害。走到最后一个长上坡，已经直不起腰，走两步用手撑着爬两步。天黑了下来，大伙都忙着回家煮饭，只剩下我一个人在后面慢慢挪。心想，今夜回不去，在滩里过夜，小命就难保。正在千难万难之际，突然从坡顶下来一个骑驴的人。渐行渐近，原来是孙立义。他看我走不动，急急在前头跑回去，骑驴接我来了。他把我扶上驴背，我连骑带赖靠在他身上。他一手扶我，一手赶驴，慢慢把我驮回队上，我才好了过来。

有一年，我得了夜盲。老人说羊肝能治这病。孙立义把他放在粮“栈子”很长时间的羊肝给了我，又吃了赤脚医生给的鱼肝油，夜盲才慢慢好。

我 1974 年盖新房的时候，孙立义出了大力。他泥水活好，裹出的墙平平展展、细密光亮。我那间新房之所以有点“样法”，与孙立义在墙上最后几道工序（砌、裹、搪）使出绝招，把墙收拾得“窝窝严严”（很得体、很漂亮的意思）有关。他给我的新房裹墙的时候，嘴里叼一棒旱烟，一手托泥板，一手使“泥子”，熟练地在墙上来回抹泥。只见“泥子”过处，墙体有了“活气”。干得差不多了，他把旱烟棒子朝地上一吐，说开了：人活脸，树活皮，土墙活的一锹泥。

跨越半个世纪的友谊 5

孙立义的女婿李跃全，当过十年村支书，如今经营两个公司。他拿出王庆同教授给他的赠书说：“我读了几遍了！”

王庆同教授 10 月 4 日晚上发了一条微信，配图中有四张是我拍的他这次看望郭登明和孙立义两位农民挚友的照片。他的“话一段”是：

> 中秋节前一天，儿孙驱车载我前往吴忠利通区和灵武郝桥镇狼皮梁（团结村）西队看望“文革”时被迁赶“监督劳动”九年结交的农民挚友郭登明、孙立义。两位都比我小几岁，但也七十多了。现在生活安定，身体健康，儿孙满堂，过着那时想都不敢想的好日子。我深深感到，这是改革开放开启的新的历史时期带来的好运气。我们互嘱多活些日子。我也告诉他们，我已经八十有二，现在还能走动，但意外随时可能出现，那我这次看望就是最后一次了。他们当然笑称我能活九十、一百。他们的祝福很真诚，但在这个问题上，我们的确也有不少善意的“谎言”，但愿如此吧。我为什么要前去看他们呢？因为人世间最难得的是患难之交。在几乎所有人与我划清界限的时候，他们

给了我许多帮助，救我于“倒悬”。我常想，有朝一日我逐渐失去记忆了，如果失去记忆的东西要排队的话，他们是最后一秒钟才被忘记的。我离别人世了就忘记了。

跨越半个世纪的友谊 6

1995 年，我作为《宁夏日报》记者，在石嘴山市记者站驻站工作一年。那一年大街小巷流行一首歌曲《祝你平安》。我很喜欢，因此买到了创作此歌的作曲家刘青的专辑，发现其中还有一首《好日子自己会走过来》也很好听。二十多年了，这首歌的旋律和歌词我一直记着。这次陪王庆同教授看望他的当年劳动伙伴后，这几天这首歌就在我的脑海里一直萦绕。我想大声唱出来，唱给王庆同教授听，唱给郭登明、孙立义等老人听：

乡里乡亲比不上你我亲
砸烂骨头还连着那个筋
大麦小麦一颗颗数
谁能知道咱心中的苦
绿茵茵的荨麻不要挨
红艳艳的野果不要采
昧心心的事情不要做
腻歪歪的东西不要买

大树小树一苗苗栽

大花小花一朵朵开

大哥小妹一心心爱

好日子自己会走过来

是的，人生难得历练，苦难成就智慧。纵然风雨兼程，真情善意不泯。我们看到，王庆同教授携子女看望郭登明、孙立义及家人时的喜乐，郭登明、孙立义从“边外”搬迁到“好地方”的生活景象，他们的儿女及孙子辈，都很出息，其中郭登明的三个孙子孙女分别考上了北京大学、湖南大学、嘉兴学院。考上北大的孙女不仅把医学专业学得优秀，还兼修光华学院经济学专业，明年就毕业了。我开玩笑说，这是一个人上了两个北大呀！大家就哈哈哈大笑。我在心里想，这一定与郭登明和他的妈有关，一家人当年救助过王庆同，一家人敬慕北大毕业的王庆同。乐善好施，好人好报；崇尚知识，改变生活。这是郭登明家庭最好的家风家教。

要相信世间定有恩怨归宿，那些善良的好人，一生终会萌福——好日子自己会走过来！

祝你平安，祝你平安，你永远都幸福，是我最大的心愿！

写于2017年10月

八十四岁教授与“劳动伙伴”的年聚

1月7日中午，宁夏大学退休的八十四岁教授王庆同，与在银川的油坊梁人和从油坊梁赶来的几位油坊梁人，在银川市西夏区怀远东路食味楼聚餐，度过愉快的两个多小时。王庆同教授于20世纪六七十年代，以“莫须有”罪名从银川迁赶到两百里外的盐池县北端油坊梁生产队劳动九年，得到油坊梁人的善待和帮助，并学习掌握了农村劳动和荒漠半荒漠地区的生活技能。四五十年过去了，王教授与油坊梁人的友谊延续到今天未衰。他们互相祝愿在新时代多活些日子，十多年来每年一次的“年聚”未断。王教授在事后的微信里说，腊月十三了，也算是我们这些油坊梁人提前过年啦！

张学义带着老伴、女儿女婿来了；俞汉（已故）的女儿俞秉贤带着丈夫和孙女来了；田姓郎中（已故）的女儿车玉凤来了；当年给王庆同诸多帮助的张玉清（已故）的婆姨俞秉花来了，最重要的是当年生产队长、八十岁的俞秉金和婆姨张玉霞也来了。去年俞秉金就参加在银的油坊梁人“年聚”，当场讲过当年他请“分子”王庆同给他写入党申请书的故事。今年他又说起这事儿，言犹未尽。俞秉金说：“现在我是油坊梁年龄最大的了。”王教授纠正说：“我才是油坊梁年龄最大的呢！”引得哄堂大笑。张学义说：“与侉子认识才是真正的缘分！”侉子，是盐池人对江南一带外来客的俗称（仅是主人的一点心理优势而已，并无恶意）。浙江长大的王教授说：“1966年9月，我到油坊梁那年三十岁，张学义十六七岁，俩人结伴下地劳动时，爱划拳猜令，靠这游戏打发时光，度过辛苦日子。”说着说着，他俩“五魁首”“六六六”地划开了。引得大家又一顿大笑。

这次“年聚”，自始至终，王庆同教授满脸都写着高兴，他总是站起来忙着给大家夹菜，招呼吃好喝好。俞秉金说：“没有想到今天我们还能吃到这么好的饭。”王教授说：“做梦都想不到。”

欲说当年好困惑，亦真亦幻难取舍，这样执着究竟为什么？王庆同教授“边外九年”的劳动经历，是半个世纪之前的事了，当年的“劳动伙伴”有的已经告别人世。可是王教授依然保持着与油坊梁人，以及他们的后代的交往和相聚。

一个培养了数百名学子的大学教授，与当年“土里刨食”的农民之间的友谊，从开始到现在，从千山到万水，诠释着真情、大爱和美好，善意和祝愿弥漫在这样一个平凡的午间。我与同事王健有幸参加了这个“珍贵的聚会”，听他们重提旧事、相互鼓励，也拍了他们快乐的表情，感动又感怀！

写于2020年1月

青山无言，人心隽永

2018年2月3日，我有幸陪王庆同先生来到盐池县城，看望他四十年前在青山公社工作的同事，还有当年萍水相逢的乡里乡亲。相见相聚中的许多细节都让我牢记下来，我深深感觉到，王庆同先生以盐池以青山为福，青山的老伙伴和乡亲们以王庆同先生为荣。我有幸见证了青山作为善美之乡、礼仪之乡、文化之乡的魅力之所在，也见证了青山人善良、乐观、幽默和崇尚文化的美德。

这次赴盐池聚会，圆了王庆同先生多年的心愿。事前几天，他托青山的同事王志银邀请和召集，并再三告诫不许任何人抢着买单，只容他表达心意。

聚会地点定在盐池宾馆，坐齐正好二十人。其中有侯堰、汪泽龙、张万、段连生、周永祥、翟锡荣、吴浦棠、侯凤章、刘国君、王志银、尚涛、侯永琴、侯永华等，他们中有当年的几任青山公社党委书记和干部，还有青山乡的老师、爱好文学的作者等。其中翟锡荣是分别四十年后才有幸见面。王庆同先生一眼认出，大喊翟锡荣，接着紧紧拉住翟锡荣的手。周永祥本来由儿子陪伴在厦门旅游，接到聚会的电话，就提前赶回来了。王庆同先生一一介绍了大家（他的两个女儿、一个女婿、一个儿子也去了），一口气讲了十分钟。他说定在立春前一天聚，表达感激和祝愿。他深情回忆着当年在青山的细节，怀念办妥一家人“农转非”的幸运，感叹终于可以到粮库打平价粮了，描述告别青山去宁夏大学教书那一天。那年那月那情景，此时此刻说不够。八十三岁的侯堰说：“一年又一年，不觉到晚年；回忆当年，感谢陪伴；不是为吃，只为见面！”赢得满座喝彩。周永祥说今天见面是行善积德的聚会，王教授把功德修成了。侯凤章说：“等待王教授返乡，心潮澎湃。听到聚会消息，等了三天，见到了王教授。”王庆同先生说：“三年以内再见没问题。”侯堰说：“三年以内不请了，五年以后再说。”又是满堂大笑！参加聚会的年轻的尚涛在“青山那年那事”朋友圈留言：“王教授对自己人生的不公正遭遇并没有抱怨，对帮助和关心他的贵人，只有感恩。看着他们亲切相谈的样子，我想做一个有情有义的人是多么不易，一辈子不管遭受什么依然能有情有义，可能会更加不易。愿自己也能坚持做一个有情有义的人。”

老伙伴们相逢，当年的故事讲也讲不完。王庆同先生与侯堰等当年三任青山公社党委书记合了影。从青山乡走出的侯凤章、侯永琴和盐池文化人周永祥、刘国君、尚涛等，都带着自己创作的作品来见王庆同先生。王庆同先生也把他收集齐的侯凤章等 2017 年在报刊上发表的作品带来了。见面面容易拉话话难，一辈子情义到永远。最遗憾的是，戴科因为腿疾，不能亲临聚会现场。王庆同先生当年恢复工作到青山公社，分到古峰大队蹲点，戴科是古峰庄的文化人，他俩能说到一起，交情很深。在聚会前，王庆同先生登门看望了戴科。发现戴科不仅坚持练字，还写了一本书《雕刻岁月》，印了一百本，现在只剩下两本了。戴科将其中一本送给王庆同先生，还送了一块土猪肉。告别后，走出单元门，突然听见戴科打开厨房窗户喊：“王教授，能来再来，我等你！”

大地寂静，青山无言，人心隽永。我听到了敬爱的王老师心中的感怀：这片土地曾让我泪流不止。所有的人和事都不会随风而散。

写于 2018 年 2 月

跋

青山无言

《青山无言》的故事讲到 1983 年——我奉调回银川参与宁夏大学中文系筹办新闻专业并准备在这里教书。

后来的故事大致是这样的：教书至“耳顺”之年退休；校内返聘讲课到“从心所欲不逾矩”；校外应邀讲课（培训）较多；参与宁夏媒体阅评、宁夏好新闻选评；做某报读者调研；先后主持几个报纸专栏写作；撰写了一批报刊专栏和非专栏时评，以及杂感、散文、随笔；公开出版了几本回忆录和散文随笔集。这是《青山无言》事事有着落的延续。

本书所写的那段逝去岁月，是我一生难忘的时光。但岁月不居，难忘的时光已经远去，回忆又有什么意义呢？这就不能不联系到时代的列车驶入 2021 年。正值中国共产党成立一百周年，此书所述的所有回忆，作为个人回归党组织之前之后的一份史料奉献给历史。在辩证唯物主义和历史唯物主义的指导下，以史学照亮生活，让生活更美好、更绚丽，这个道理早为生活所证实。尽管我的贡献和史料的分量微乎其微，但也不愿让它随风飘逝，还想为它找个着落。

年届耄耋，潮流滚滚，还有什么要啰唆的吗？我想小声地说，一生不善言，在努力，从未断。咬定青山不放松，无论环境如何，无论成果如何，坚信远方的明灯没有遗忘我，我以拼搏彰价值、求出路。幸遇党的十一届三中全会开辟新的历史时期，践行个人的理想、初心、使命有了新的岗位，我为国家、民族、社会重新作贡献成为可能……鉴于此，我最想说的话是青山不老，韧性奋斗。我对《青山无言》一书内容最想作的概括是青山无言，绿水长流；江河有声，回归大海。

中国人民在中国共产党的伟大领导下坚持奋斗，青山依旧，几度夕阳，如今，以习近平同志为核心的党中央引领中国特色社会主义进入新时代，更加美好的前景一定会到来！

2021 年阳春